Unvermeidbare Beeinflussung

Ein Neukölln-Krimi

Bellevue

Juliane Beer

Unvermeidbare Beeinflussung

Die Deutsche Bibliothek verzeichnet diese Publikation
in der Deutschen Nationalbibliografie.
Detaillierte bibliografische Daten sind im Internet abrufbar
unter http://dnb.d-nb.de

Besuchen Sie uns auch im Internet:
www.marta-press.de

1. Auflage September 2016
© 2016 Marta Press, Verlag Jana Reich, Hamburg, Germany
www.marta-press.de
Alle Rechte vorbehalten.
Kein Teil des Werkes darf in irgendeiner Form (durch
Fotografie, Mikrofilm oder andere Verfahren) ohne
schriftliche Genehmigung des Verlages reproduziert oder
unter Verwendung elektronischer Systeme verarbeitet,
vervielfältigt oder verbreitet werden.
Lektorat: Laura Peters
© Umschlaggestaltung: Niels Menke, Hamburg
Printed in Germany.
ISBN 978-3-944442-57-0

Es verberge sich ein Geist in der Weichselstraße 10, wird befürchtet. Ihr Geist. Oben auf dem Dachboden. Nachts schleiche sie ruhelos durchs Haus. Seit ungefähr zwei Jahren. Sprechen möchte darüber aber niemand. „Ein Geist?“, heißt es höchstens. „Lächerlich!“

Der Dachboden ist bereits gründlich durchsucht und bei der Gelegenheit aufgeräumt worden, an einem Wochenende im vergangenen Spätsommer. Der Manns und der Alt, beide jetzt sechzig, aber nach eigenen Aussagen noch fit wie Turnschuhe, hatten sich bereit erklärt, den Mythos zu entzaubern. Dieser kindische Geisterglaube, diese Andeutungen, geflüstert hinter vorgehaltener Hand, gingen den beiden Männern auf die Nerven. Man bewege sich doch unter mündigen Menschen, oder nicht?

Alte Möbel, die im Laufe der Zeit auf dem Dachboden abgestellt wurden, weil sie zu gut für den Sperrmüll, aber nicht mehr modern genug für die Wohnung waren, haben Manns und Alt ordentlich zusammengeschoben. „Wer etwas von den mittlerweile antiken Stücken braucht, möge sich bedienen.“

Vielleicht könnte man die Sachen auch spenden, schlug Alt vor. So viele arme deutsche Familien, wie es momentan gäbe, um die sich niemand kümmern würde, weil die Flüchtlinge ja augenscheinlich wichtiger wären.

Am Samstagabend waren dann Frau Manns und Frau Alt gefragt. Mit Putzutensilien rückten sie an, um die drei reich verzierten Holzschränke, das emaillierte Ausgussbecken, die Regale und Stühle und Hocker abzustauben und nass nachzuwischen.

„Was man anfängt, will man auch sorgsam zu Ende bringen“, erklärte Herr Alt. Zwei Kisten mit kaputten

Elektroteilen haben Manns und Alt zum Reststoffhof der BSR gefahren, ebenso einen Sack mit ausrangierter Kleidung, die nicht mehr schön genug war, um sie einer deutschen Familie anzubieten. Und den Basteltisch haben die beiden langjährigen Mieter auch gleich aufgeräumt, unbrauchbares Werkzeug und Dosen mit vertrockneten Farbresten weggeworfen. Danach waren Frau Manns und Frau Alt wieder dran, den Boden zu fegen, und damit war die Aktion erfolgreich beendet. Oder fast beendet, denn die beiden Männer nahmen sich noch vor, die fehlende Glasscheibe in der Tür zum Dachboden zu ersetzen, was aber wieder in Vergessenheit geriet.

Der Holzverschlag neben dem tragenden Balken sowie die Nische dahinter wurden an dem Wochenende nicht betreten. Weil es dort nichts aufzuräumen gäbe, wie Manns und Alt sich gegenseitig immer wieder versicherten. Es lagern lediglich ein paar Eierkohlen im Verschlag, niemand braucht die mehr, seit 20 Jahren gibt es eine Ölzentralheizung im Haus. Aber gut, sollten die Kohlen dort erst mal liegen bleiben. Fürs nächste Grillfest würde man sie sich dann holen. Durch die Bretterzwischenräume konnten Manns und Alt die Kohlen daliegen sehen; dass sie an dem Wochenende mal auf einem Haufen, mal einzeln herumlagen, ist den beiden zwar schon aufgefallen, aber keiner hat mit dem anderen über diese Entdeckung gesprochen.

Genauso wenig, wie sie über die Sache mit der Marie gesprochen haben. Alt hatte Manns und Klein damals erkannt, aber er hielt die Schnauze. All die Jahre über. Das ist seine Devise. Am besten immer die Schnauze halten. Damit ist er bislang bestens gefahren, auf seiner Arbeit im Einwohnermeldeamt wie auch zuhause. Manns hatte nicht bemerkt, dass Alt an jenem Tag just in diesem Moment auf den Dachboden gekommen war, um ein Schlüsselbrett zu lackieren. Alt hatte aber rechtzeitig kapiert, was da vorging und konnte sich somit unbemerkt und mitsamt seines Schlüsselbretts wieder aus dem Staub machen. Dass Alt die Schnauze gehalten hatte, war wie üblich von Vorteil gewesen. Mit Manns und dem 15 Jahre jüngeren Klein pflegt er nach wie vor ein gutes nachbarschaftliches Verhältnis, eine herzliche Kameradschaft, könnte man schon fast sagen. Die muss man ja nicht wegen einer Lappalie aufs Spiel setzen.

Und nach der Ordnungsaktion an jenem Spätsommerwochenende hatten Manns und Alt am Sonntagabend nicht ohne Stolz einen Zettel ans schwarze Brett neben der Eingangstür gepinnt. Beschlossen worden war, den Humor nicht zu kurz kommen zu lassen.

„Der Dachboden ist aufgeräumt und geputzt. Bitte schaut nach, ob ihr eines der Möbelstücke gebrauchen könnt. Sonst spenden wir die Sachen. Unser Geist hat übrigens weder beim Aufräumen noch beim Putzen geholfen."

Das ist acht Monate her.
Gestern ist der Hauseigentümer Butt tot aufgefunden worden.

Martin Butt lag im Hausflur vor dem Treppenaufgang.
Um zehn vor sieben wurde er entdeckt, tragischerweise von Anne, 15-jährig, die morgens als Erste das Haus verlässt, um nach Charlottenburg zu fahren, wo Vater und Mutter Klein vor einigen Jahren einen Platz auf dem Gymnasium für sie ergattert haben.

Auf dem Neuköllner Gymnasium, keine drei Straßen weiter, waren zwar auch noch Plätze frei gewesen, aber Vater Klein wollte vermeiden, dass seine Tochter ihm eines Tages vorwerfen würde, er habe ihr die Zukunft verbaut. Dafür nahm er es hin, dass Anne, weil man sie dem multikulturellen Kreis ihrer Freundinnen entrissen hatte, ein Jahr lang schmollte und verkündete, ihr Vater wäre ein Nationalist.

Als Anne also an diesem Morgen wie immer um zehn vor sieben die Treppe herunter sprang, lag auf dem untersten Absatz mit verdrehten Armen und Beinen der Hauseigentümer Butt. Seine Augen standen offen, aus seinem Mund lief ein dünnes Rinnsal Blut. Anne schrie vor Entsetzen, Etagentüren wurden aufgerissen, einige Nachbarinnen schrien mit, andere riefen die Polizei herbei. Hausmeisterin Müller aus dem ersten Stock zog die schreiende Anne kurzerhand in ihr Wohnzimmer, befahl dem Mädchen, sich aufs Sofa zu legen, Kopf tief, Beine hoch. Es gab dann einen Schnaps, natürlich nur ein halbes Gläschen voll, dafür aber Mampe Halb & Halb, ursprünglich, und zwar 1830, von Dr. Carl Mampe als Choleramedikament entwickelt. Hausmeisterin Müller telefonierte Frau Klein herunter, die auch sofort kam und ihre zitternde Tochter wieder vom Sofa hochzerrte, um sie nach oben in die elterliche Wohnung zu dirigieren. Dass das Mädchen dabei erneut einen Blick auf den Butt werfen musste, war bedauerlicherweise nicht zu vermeiden.

Endlich erschienen zwei Polizisten, dann ein Fachmann, der die Leiche inspizierte, und da die drei Beamten aufgrund von Kampfspuren Zweifel hegten, dass der Butt eines natürlichen Todes gestorben war, wurde die Mordkommission verständigt, die Liz Feldmann zum

Tatort schickte. Die Kommissarin traf übernächtigt und übellaunig ein, denn erstens war sie nach Beendigung des nächtlichen Bereitschaftsdienstes in Vertretung gerade eingeschlafen, als das Telefon klingelte, und zweitens hatte sie, genau wie ihre Kolleginnen auch, dieses ständige Sterben und Morden in Neukölln satt, was auch durch die Gentrifizierung im Bezirk nicht wesentlich zurückgegangen war.

Aber nun gut. Es ist kurz vor neun, Feldmann ist da, hatte unten im Hauseingang noch schnell einen Kaffee aus dem Pappbecher getrunken. Dabei ließ man sie in Ruhe, denn sie leidet seit zwei Tagen an starkem Schnupfen, ist ungeschminkt, hat geschwollene Augen unter der Sonnenbrille, das kinnlange Haar ist nur notdürftig gekämmt; so stellen sich weder die Neuköllner Polizei noch die sensationslüstern im Flur umher stehenden Hausbewohnerinnen eine Kommissarin vor, weshalb man die ramponiert wirkende Frau in zu weitem Jackett nicht ansprach.

Jetzt geht es aber los. „Guten Morgen, meine Damen und Herren, wollen wir mal schauen, was hier passiert ist." Feldmann steckt die Sonnenbrille ein, wegen der sie komisch angeguckt wird, denn es regnet seit gestern Abend ununterbrochen. Sie putzt sich noch einmal gründlich die Nase, hält dann den verdutzten Mieterinnen ihren Dienstausweis hin. Ein Blick durch den Hausflur parterre. Bemerkenswert sauber und gepflegt für Neuköllner Verhältnisse ist der, wie Feldmann sofort auffällt. Muss das Ganze aber nicht besser machen. Feldmann betrachtet die unteren Treppenstufen. Kreideumrisse dort, wo die Butt-Leiche gelegen hat, die soeben zur weiteren Untersuchung abtransportiert wird.

„Haben Sie einen Bogen Papier für mich, eine Zeitungsdoppelseite vielleicht?“, fragt Feldmann in die Runde der Hausbewohnerinnen. „Kann auch die Zeitung von gestern sein.“ Kopfschütteln.

„Wie? Niemand von Ihnen bekommt eine Zeitung an den Frühstückstisch geliefert?“

Nein, damit wäre es seit einiger Zeit vorbei hier im Haus. Man liest die Nachrichten im Internet oder meistens besser gar nicht. Doch aus der Hausmeisterinnen-Wohnung wird schließlich eine Illustrierte geholt und der Kommissarin erlaubt, die Doppelseite aus der Mitte herauszutrennen. Feldmann zieht ihren Tintenschreiber aus der Tasche, zeichnet die Butt-Umrisse ab, faltet die Illustriertenseite und steckt sie in die Jackentasche.

„Gut. Nun zu Ihnen. Wer möchte zuerst?“

„Was zuerst?“

„Aussagen.“

Die beiden Mieterinnen Alt und Schwarz aus dem zweiten Stock erklären sich bereit. Sie wollen gegen vier Uhr morgens im Halbschlaf einen seltsam hohen Schrei gehört haben, dann Poltern und Rumpeln, Geräusche, die dazu passen, dass ein schwerer Körper mehrere Stufen hinab kollert. Nur der hohe Schrei fügt sich hier nicht ein, der Butt hat eine tiefe Stimme, oder: hatte. Mit der soll er noch gebrüllt haben: „Hilf mir doch, du...“, sei abrupt verstummt, dann sei jemand die Treppe herunter gerast wie der Teufel. Unten fiel die Eingangstür ins Schloss.

Die Kommissarin fragt, ob die beiden Damen daraufhin aufgestanden seien und nachgeschaut hätten, was im Hausflur passiert sei. Nein, haben sie nicht. Dachten, es wäre ein Traum gewesen. Als sie zu sich kamen, war es doch wieder ganz still, neben der einen, Helga Alt, lag tief und fest schlafend ihr Mann, neben der anderen, Renate Schwarz, lag niemand, denn ihr Mann ist vor zehn Jahren gestorben und seither träume sie sowieso häufig seltsam.

Herr Alt, mit Rasierschaum im Gesicht, bestätigt, dass seine Frau und er nichts gehört, weil fest geschlafen hätten.

Tobias Schwarz, der gerade bei seiner Mutter weilt und im zum Hof liegenden Teil der Wohnung schläft, hat auch nichts gehört, wie er schlecht gelaunt kundtut. Normalerweise steht er nicht vor neun Uhr auf, aber der Tumult in Haus und Hof hat ihn heute vor der Zeit aus dem Bett getrieben.

„War´s das?“

Er darf sich wieder hinlegen.

Hausmeisterin Müller aus dem ersten Stock hat ebenfalls durchgeschlafen, was aber auch nicht verwunderlich sei, denn sie trage nachts Oropax. Zu Lebzeiten ihres Manns wegen dessen Geschnarche, seit seinem Tod vor fünf Jahren aus Gewohnheit.

Feldmann nimmt das alles auf, macht sich Notizen dazu, steigt in den dritten Stock, links die Wohnung des Opfers; offenbar lebte Martin Butt allein. Zwei weitere Beamte sind dort bereits zu Gange. Butts Wohnungstür war abgeschlossen, Fernseher, Mac und Stereoanlage stehen noch im Wohnzimmer, Schubladen sind weder aufgezogen noch durchwühlt, was dazu passt, dass der Tote seinen Wohnungsschlüssel, die Rolex, sein Smartphone und seine Brieftasche mit Kreditkarten sowie 47 Euro und 15 Cent Bargeld noch bei sich trug, als man ihn fand.

Feldmann lässt die Männer machen, klopft nebenan bei den Kleins, die ihre Wohnungstür nur angelehnt haben. Die Kommissarin wurde bereits erwartet, wird hereingerufen und an den Küchentisch gebeten, an dem Frau und Herr Klein wie jeden Morgen sitzen, seit vielen Jahren, er mittlerweile verstummt, sie dafür immer heftiger monologisierend. Heute aber ist auch Frau Klein ganz still; Mutter, Vater und Tochter Anne sitzen da, ohne Toast, Konfitüre und Kaffee anrühren zu wollen.

Feldmann möchte ebenfalls nichts essen oder trinken, nimmt die stotternd von Anne hervorgebrachte Aussage auf, erteilt dem Mädchen heute ausnahmsweise schulfrei, telefoniert eine Psychologin herbei. Frau Klein würde gern noch einige Machenschaften des Butts enthüllen, ob die Kommissarin bitte noch einmal wiederkommen könne? Im Moment sind die Eltern nämlich außer sich, mehr wegen dem, was die Tochter erleben musste, als wegen des toten Hauseigentümers. Um vier Uhr morgens haben die Kleins nichts gehört. Man schlief, soviel schon mal für den Moment. Und ja, Martin Butt lebte allein seit einigen Jahren.

Feldmann und Frau Klein verabreden sich. Und Herr Klein muss jetzt zur Arbeit, nämlich den U-Bahnverkehr durch Berlin technisch überwachen.

Das Ehepaar Manns aus dem vierten Stock erfreut sich auch eines gesunden Schlafs, wie der Kommissarin versichert wird. Man habe nichts mitbekommen von dem Unglück. Und die Nachbarin rechts ist gerade im Krankenhaus, sei aber kurz vor der Entlassung. Sie kenne sich übrigens am besten aus mit der Geschichte des Hauses und seinen Bewohnerinnen. Feldmann wird wiederkommen.

Keine der Mieterinnen hat über den Geist auf dem Dachboden gesprochen. Aber Herrn Klein und Herrn

Manns plagt ab jetzt eine diffuse Angst, dass einer von ihnen als nächster ‚die Treppe herunterstürzt‘.

*

Zwei Tage später ist Kommissarin Feldmann wieder im Haus, unter anderem um Frau Kahane zu besuchen, die gestern aus dem Krankenhaus entlassen worden ist.

Die Manns hatte sie mit dem Auto aus dem Vivantes Klinikum Neukölln abgeholt, wo Frau Kahane wegen ihres Herzstolperns ein paar Tage zur Beobachtung gewesen war.

Man fand nichts, und Frau Kahane, die 92 Jahre alt ist, wurde mit Ratschlägen für eine gesunde Lebensführung wieder entlassen. Viel Bewegung, gern Eustress aber kein Disstress, außerdem sollte Frau Kahane nicht rauchen, was sie aber bislang sowieso nie getan hatte, wie sie dem behandelnden Arzt versicherte. Na, dann sei es ja gut, fand der.

Während der Heimfahrt berichtete die Manns aufgeregt, aber ob des Zustands ihrer Nachbarin um Beherrschung bemüht, was vorgefallen war. Der Butt wäre in aller Frühe die Treppe hinuntergefallen oder auch gestoßen worden, hätte wahrscheinlich zuvor die ganze Nacht gesoffen. Musste ja mal so kommen, oder nicht? Aber von den Leuten im Haus hätte ihn niemand in den Tod gestoßen, soviel konnte Frau Manns jetzt schon mit Sicherheit sagen.

Frau Kahane erwartete, dass ihr Herz vor Schreck jeden Moment zu stolpern begann, aber es tat sich nichts. Schön, umso besser. War vielleicht der Beweis dafür, dass der Mann ihr tatsächlich nicht viel bedeutet hatte. Ein Engel war er ja nicht gerade gewesen.

Vorne redete und redete die Manns, achtete darauf, betroffen zu klingen, aber nicht zu sehr, wusste, das hätte Frau Kahane ihr nicht abgenommen, wo doch, wie allgemein bekannt ist, die Eigenbedarfskündigung gegen das Ehepaar Manns läuft. Aber erleichtert über den Butt-Tod wollte Frau Manns auch nicht wirken, denn Frau Kahane ist eine tugendhafte alte Dame, die zwar die Machenschaften des Butt auch nicht gut hieß, ihm aber dennoch so einen schäbigen Tod sicher nicht gewünscht hätte.

Frau Kahane saß auf der Rückbank, hörte der Manns zu, soweit möglich, versuchte währenddessen, das Ganze zu begreifen und außerdem ein wenig Ordnung in ihr langes graues Haar zu bringen. Man hatte sie heute Morgen gar nicht schnell genug loswerden können, wahrscheinlich war ihr Krankenhausbett schon wieder verplant gewesen, genug Zeit für die gewohnte Hochsteckfrisur war nicht geblieben. So kordelte und steckte Frau Kahane also jetzt hier im Auto, ohne großen Erfolg, und wusste auch nicht so recht, was sie denken sollte in Sachen Butt-Tod. Besonders der seltsam hohe Schrei beschäftigte sie.

Als Frau Manns, noch immer redend, in die Weichselstraße einbog und über das alte Neuköllner Kopfsteinpflaster rumpelte, ließ Frau Kahane endgültig und seufzend ihr Haar sein, auch den Butt, der eh nicht mehr zu retten war, und suchte in der Handtasche schon mal nach ihrem Schlüssel.

Jetzt ist es neun, die Kommissarin und Frau Kahane sitzen am Tisch in einer Küche, die aussieht, als habe man sie als Kulisse für einen Spielfilm über das Berlin Anfang des letzten Jahrhunderts aufgebaut. Abgetretene aber tadellos saubere Holzdielen auf dem Boden, weißlackierte Holzfensterrahmen mit verzierten Riegeln aus Gusseisen; in der rechten Ecke des Raums steht eine original weiß emaillierte Kochmaschine, die allerdings nicht mehr in Gebrauch ist, nur noch als Schmuckstück in der Küche steht, wie Frau Kahane der Kommissarin auf Nachfrage erklärt. Die Schornsteinzugänge habe man zugemauert, als vor vielen Jahren eine Zentralheizung eingebaut wurde. Aber da das Haus, erbaut in den 1920er Jahren, unter Denkmalschutz stehe, wäre es ein leichtes gewesen, durchzusetzen, dass die alte Kochmaschine erhalten bliebe. Anders als ihren Nachbarinnen würden Frau Kahane diese modernen Einbauküchen nicht gefallen. Zum Kochen bekam sie aber dennoch einen nagelneuen Gasherd und gewöhnte sich auch an den.

Die beiden Frauen trinken Kaffee und essen Schnittchen mit Butter und Käse, die Frau Kahane vor einer halben Stunde frisch zurechtgemacht hat. Feldmann möchte wissen, wie Frau Kahane sich fühlt, ob ein Gespräch nicht zu anstrengend sei. Die Kommissarin wäre gekommen, weil Frau Kahane laut Nachbarinnen am längsten im Haus wohne und am besten Bescheid wüsste. Frau Kahane fühlt sich gut, das Herzstolpern ist seit drei Tagen nicht mehr über sie gekommen.

„Fragen Sie ruhig!“

Feldmann dreht sich um und putzt sich noch einmal gründlich die Nase, denn sie fühlt sich alles andere als gut. Der Erkältungsvirus ist aggressiv und hat momentan beinahe das gesamte Präsidium niedergestreckt. Feldmann hatte das Pech, als eine der letzten dran zu sein;

eine ungeschriebene Regel unter den Kolleginnen besagt, dass die letzten, die es erwischt, ihre Bettruhe erst antreten dürfen, wenn die ersten wiederhergestellt sind. Wenn es soweit ist, sind in der Regel aber auch die letzten wieder gesund.

„Sie sagen bitte Bescheid, wenn es Ihnen zu anstrengend wird, ja? Gut. Wie lange wohnen Sie denn schon im Haus?"

„Soll ich Ihnen vielleicht besser einen Thymiantee aufbrühen? Oder wie wäre es mit einer heißen Zitrone?"

„Nein, vielen Dank, Kaffee ist genau richtig."

„Wie Sie meinen. Seit wann ich im Haus wohne? 65 Jahre sind's schon. Ich bin damals mit meinem Mann, der mittlerweile verstorben ist, eingezogen. Da gehörte das Haus dem Butt noch gar nicht. Der hat es vor... ja, wie viele Jahre ist das jetzt her, dass er das Haus geerbt hat?"

Frau Kahane kann sich nicht so recht erinnern, und das ist ihr sichtlich unangenehm, bis die Kommissarin erklärt, dass dieses Datum momentan nicht so wichtig sei. Man würde das später klären, die Papiere lägen vor.

„Der Butt und seine Frau Marie haben aber schon ein Jahr vorher hier gewohnt. Sie war etwas jünger als er... falls das wichtig ist", fährt Frau Kahane fort. „Zehn Jahre jünger als er, hieß es. Genau... jetzt weiß ich es wieder. Ungefähr fünf Jahre ist das her. Da ist der alte Kupfer, Maries Vater, gestorben, und die beiden haben das Haus geerbt."

„Und wo ist Frau Butt momentan?"

„Die Marie? Der Butt brachte sie damals in einer Klinik unter. In einer Kurklinik. Aber die Kur dauerte lange. Ganz kurz nachdem Maries Vater verstorben ist, verschwand Marie auf Nimmerwiedersehen in dieser

18

Einrichtung. Man könnte sich da etwas draus zusammenreimen mit ein bisschen Fantasie. Die Marie hatte nichts mehr von ihrer Erbschaft, soviel ist sicher.“

„Woran leidet Frau Butt denn?“

„Litt. Es heißt, sie lebt nicht mehr. Aber der Reihe nach. Vor fünf Jahre ließ der Butt sie einliefern. Was sie hatte, weiß man nicht so genau. Sie war nicht so, wie die meisten anderen Menschen. Das reicht ja meistens schon, nicht wahr? Sie wirkte manchmal ein wenig abwesend und unbeholfen, die Marie, schaute einen nicht an, wenn man mit ihr sprach. Schaute wie durch einen hindurch. Und sprach auch ungewöhnlich. Seltsam, etwas abgehackt. Staccatohaft. In meinen Augen war sie eine ganz liebe, sehr friedliche Person. Sehr still und zurückhaltend, aber immer freundlich, hat niemandem übel nachgeredet. Ein feiner Mensch war sie.“

Feldmann tippt eine Notiz in ihr Notebook. Wenn Frau Butt wie auch immer beeinträchtigt war, gibt es darüber ja vermutlich Unterlagen.

„Von der Kur ist sie also nicht zurückgekehrt?“

„Richtig, wir haben sie nie mehr gesehen. Aber wie genau sie starb, kann ich nicht sagen. Bitte nehmen Sie da nichts zu Protokoll.“

„Nein, keine Sorge.“ Wie zum Beweis dafür legt Feldmann das Notebook neben ihren Teller, der ebenfalls nach einer Antiquität aussieht. Langstielige Blumen ranken sich über Blattgoldverzierung.

„Weiß denn jemand im Haus Näheres über Frau Butts Tod?“

„Ich glaube nicht. Sie spekulieren alle. Dass sie tot ist, machte die Runde. Vor knapp zwei Jahren. Und außerdem...“ Hier bremst sich Frau Kahane, reicht der Kommissarin lieber noch einmal den Teller mit den

Schnittchen. Wenn sie jetzt erzählt, dass die Nachbarinnen Angst vor dem Wesen oben auf dem Dachboden haben, das auftauchte, nachdem vorletztes Jahr durchsickerte, dass die Marie gestorben war, wird die Kommissarin bestimmt alle im Haus für töricht halten. Sie wirkt so klar und nüchtern. Sowohl was ihr Aussehen – kein Make-up, schlichter, weiter Hosenanzug –, als auch, was ihre sachliche Art angeht.

„Ja? Und außerdem?“

Frau Kahane antwortet rasch: „Außerdem reden hier im Haus einige gern übereinander.“

„Verstehe.“ Feldmann nimmt ihr Notebook zur Hand.

„Ich notiere nur, dass ich alle Mieterinnen zu Marie Butt befragen werde.“

Sie zeigt Frau Kahane das eben Geschriebene, doch die gesteht, dass sie kaum mehr lesen kann, auch nicht mit Brille. Nur noch Schilder, draußen auf der Straße, Zeitung oder Bücher aber seit Jahren nicht mehr.

„Und einen Computer habe ich ohnehin nie gehabt. Tut aber nichts zur Sache. Fragen Sie bitte weiter.“

Feldmann legt das Notebook wieder neben ihren Teller.

„Kennen Sie Angehörige von den Butts?“

„Nicht genau. Der Butt hatte eine Tochter, Monika. Und eine Schwester. Wo die leben, weiß ich aber nicht. Und manchmal habe ich ihn mit Frauen gesehen. Aus Maries Familie kenne ich niemanden.“

Ob Frau Butt in einer Klinik im Berliner Umland untergebracht war, interessiert die Kommissarin.

„Nein, nein. Irgendwo in Westdeutschland soll sie gelegen haben. Ich glaube Niedersachsen. Genau weiß ich es aber nicht. Tut mir leid, dass ich Ihnen da auch nicht weiterhelfen kann."

„Kein Problem, das lässt sich herausfinden. Sie haben mir bereits sehr geholfen. Noch eine letzte Frage: Wer wohnt denn außer Ihnen schon so lange im Haus?"

„So lange wie ich wohnt hier niemand. Die anderen sind in den letzten..., na, ich sag mal: in den letzten zehn bis 20 Jahren eingezogen. Nein... Moment... Frau Schwarz wohnt auch schon fast 30 Jahre hier. Sie ist mit ihrem Mann und den Söhnen Tobias und Stefan Mitte der 1980er Jahre hergezogen. Ich pflege allerdings keinen näheren Umgang mit ihr. Eine höfliche Person ist sie, das ja, etwas reserviert, aber auf den ersten Blick durchaus solide. Ihr Mann ist vor Jahren gestorben, das war ein ganz Netter. Hat ein Restaurant am Kudamm geleitet, auch mal für die Nachbarinnen Freundschaftspreise gemacht, wenn die ein Familienfest dort feiern wollten. Wir waren damals alle bestürzt, als er gestorben ist. Ich meine, das Herz war es. Aber sie... ich weiß nicht. Und der Tobias..."

„Tobias, der Sohn?"

Frau Kahane stutzt. Dann: „Ja, der Sohn. Nichts weiter ist mit dem. Er ist gerade zu Besuch."

Feldmann wartet, aber es kommt nichts mehr. Gut. „Tobias", notiert sie, bedankt sich für das Frühstück, bietet an, beim Abräumen zu helfen. Das macht Frau Kahane lieber allein. Und eigentlich möchte sie Frau Feldmann noch sagen, dass sie keine Angst vor dem Wesen auf dem Dachboden hat. Was immer da oben lebt, bei Nacht häufig über Frau Kahanes Küche hin und her schleicht, ruhelos, fast ängstlich: Es wird seine Gründe haben, sich zu verstecken. Frau Kahane ist in den 1920er Jahren geboren. Sie wird nie wieder aus dem

Kopf kriegen, dass es Gründe gibt, sich zu verstecken. Abends stellt sie deshalb stets etwas zu essen auf den letzten Treppenabsatz zum Dachboden, einen Teller belegter Brote, auch mal ein Stück Kuchen oder einen Apfel, je nachdem, was sie im Haus hat. Dann kehrt sie rasch in ihre Wohnung zurück. Das Wesen soll sich nicht vor ihr fürchten oder sich gar beobachtet fühlen. Abgedeckt ist das Abendessen mit einem großen Suppenteller. Das Wesen isst immer alles auf, stellt das Geschirr nach seiner Mahlzeit wieder ordentlich ineinander. Ganz früh morgens holt Frau Kahane die leeren Teller rein, niemand der Nachbarinnen muss wissen, dass sie das Wesen füttert, oder den Geist, wie einige behaupten. Ach, als ob ein Geist essen könnte!

Im Krankenhaus hat Frau Kahane sehr gelitten, als sie sich vorstellte, wie ihr Schützling sich das Abendbrot holen wollte, doch es stand nichts da. Gestern Abend hat sie gleich wieder etwas nach oben gebracht, Weißbrot mit feinem kalten Braten, den sie extra gekauft hatte, weil es doch vier Tage nichts gab. Heute Morgen, als Frau Kahane das Geschirr hereinholte, war alles unberührt. Der Suppenteller lag über den Broten, von denen keines fehlte. Frau Kahane war furchtbar erschrocken. Noch nie hatte das Wesen ihren so sorgfältig angerichteten Abendbrotteller verschmäht. Aber die Kommissarin muss von all dem nichts wissen.

*

Anne Klein hockt hinter der Wohnzimmertür, die einen Spalt weit geöffnet ist, und lauscht, was ihre Mutter der Kommissarin zu erzählen hat. Einfach ist das nicht, denn die Kommissarin spricht leise, ist allem Anschein nach heiser. Außerdem pocht es laut in Annes Kopf. Wahrscheinlich ist sie auch wieder ganz blass. Der Kreislauf, laut Hausarzt. Nicht selten bei schlanken jungen Frauen dieser Größe. Könnte aber auch eine Migräne draus werden, in ein paar Jahren womöglich. Müsse beobachtet werden.

Anne hofft, nein, sie betet, obwohl gar nicht gläubig, dass die Kommissarin sie nicht auch noch mal verhören wird. Blässe und Unruhe wären verräterisch. Jetzt, nach drei Tagen, kann Anne sich kaum mehr damit herausreden, dass sie noch immer ganz außer sich ist, weil sie den Butt als Erste tot daliegen sah. Zudem versichert ihre Mutter der Kommissarin soeben, dass es der Tochter wieder besser ginge, sie aber trotzdem noch vier Sitzungen bei der Psychologin vor sich hätte, was Mutter und Vater Klein befürworteten.

Anne bewegt sich leise vor, setzt sich in die geöffnete Tür. Die Psychologin deutete ihre Unruhe übrigens falsch, die Frau steckt in ihrem Trauma-Film, oder besser: Trauma-Fimmel. Gab sich außerdem mit der Auskunft zufrieden, dass Anne und ihre Freundinnen sich treffen würden, um gemeinsam ins Café oder ins Kino zu gehen. Bestens. Aber die Kommissarin wirkt auf Anne, als könne man ihr so leicht nichts vormachen.

Im Wohnzimmer berichtet Mutter Klein, dass der Butt ihnen die Wohnung gekündigt hätte. Wegen Eigenbedarf. Seine Nichte und deren Familie bräuchten eine Bleibe.

„Dabei hat der meines Wissens gar keine Nichte. Unerhört!"

Das übliche Spiel, denkt Feldmann, putzt sich die Nase, fragt dann: „Kennen Sie die Familie von Martin Butt? Und möchten Sie in der Wohnung bleiben? Sie können sich gegen eine Kündigung wehren, wenn Sie sie für ungerechtfertigt halten."

„Sie wollen wirklich keinen Pfefferminztee gegen Ihre Erkältung? Na, ja, soll ja eh nichts geben, was gegen diese Infekte hilft. Seltsam, wo man doch sogar schon Medizin gegen Lungenkrebs hat."

Oder es zumindest so verkauft, denkt Feldmann, bedankt sich, nein, sie sei keine Teetrinkerin. Sie stellt stattdessen ihre Fragen erneut.

„Ja, die Tochter von Butt habe ich schon mal gesehen. Eine erwachsene Frau, wohl aus einer früheren Ehe. Und dann gibt es, wie ich hörte, noch eine Butt-Schwester, die aber keine Kinder haben soll. Das war´s. Von wegen Nichte. Und natürlich wollen wir hierbleiben, unser Anwalt kümmert sich darum. Wissen Sie, was auf dem Berliner Immobilienmarkt los ist? Wir leben hier seit 16 Jahren, sind hergezogen, als Anne unterwegs war. Unser alter Mietvertrag ist ein regelrechtes Wertpapier. Acht Euro warm der Quadratmeter. Das gibt es doch nirgendwo in Berlin mehr. Außerdem wohnen wir gerne hier im Haus. Alles sauber und ruhig. War nie ein typisches Neuköllner Haus, auch damals nicht, als kein normaler Mensch hier im Bezirk wohnen wollte. Sonst wären wir natürlich auch nicht hergezogen. Aber seit ein paar Jahren ist alles anders, die Gentrifizierung, oder wie das heißt, hat jetzt auch Nord-Neukölln erreicht. Wir sind jetzt wer. Werden nicht mehr schief angeschaut, wenn wir gestehen, dass wir in Neukölln wohnen. Meine

Tochter kennt sich aber in Sachen Gentrifizierung besser aus, die fängt jetzt an, sich politisch zu interessieren. Aber die Richtung.... na, schön, ist vielleicht nur eine Phase, ich habe als junge Frau auch mal gedacht, wer links ist, könne die Welt retten."

Anne zuckt zusammen, robbt rückwärts zurück in den Flur. Aber Blödsinn, ihre Mutter weiß von nichts, spielt sich nur wieder auf.

„Ja, in Neukölln ist einiges passiert, besonders, was die Mietpreise angeht", weiß auch die Kommissarin. Dass die Polizei hier nach wie vor gut zu tun hat, muss man Frau Klein, die sich offenbar mit aufgewertet fühlt, nicht unter die Nase reiben. Wofür oder wogegen die Tochter sich denn engagieren würde, interessiert Feldmann aber. Bislang schwinge Anne nur Reden, wie ungerecht die Welt sei, offenbart Frau Klein. Diesbezügliche Taten seien noch nicht gefolgt. Gott sei Dank. Anne ziehe stattdessen mit ihren Freundinnen durch die Cafés, wie alle Mädchen in dem Alter. „Gut, wir lassen sie reden. Dass man das System nicht stürzen kann, ganz einfach aus Gründen fehlender funktionierender Alternativen, versteht man in dem Alter eben noch nicht. Anne geht aufs Gottfried-Keller-Gymnasium in Charlottenburg, alles Kinder aus der guten Mittelschicht dort, auch wenn man meinem Mädchen nicht ansieht, dass sie dazugehört. Aber glauben Sie nicht, dass Anne da die Einzige ist, die so verrückt herumläuft und den Kapitalismus falsch findet. Das gab es zwar in ähnlicher Form auch schon zu meiner Jugend, den Hippie-Look und die Kapitalismuskritik, aber diese verfilzten langen Haare, Dreadlocks, das hatten damals nur Popsängerinnen, aber in edel, nicht diese Wolle. Ich bin da wenig begeistert."

Frau Klein schüttelt den Kopf, streicht sich durch ihre akkurat geschnittene, blonde Kurzhaarfrisur und fährt fort:

„Na, ja. Wir denken, dass das von selbst vorbeigeht. Bald schon. Deshalb lassen wir unserer Anne ihre Parolen und Dreadlocks. Diese Jugendlichen hängen doch viel zu sehr an ihrem bequemen Leben, die machen keinen Unsinn, sagen mein Mann und ich immer. Haben Sie Kinder, darf ich das fragen?“

„Sie dürfen. Einen Sohn, der aber noch nicht in der Pubertät ist.“

„Na, wir sprechen uns wieder.“ Kurze Pause. Dann betont Frau Klein noch einmal, dass es im Haus schon immer geregelter zugegangen wäre als im Rest des Bezirks. Vermietung an Türkinnen oder Araberinnen habe es nicht gegeben bei Maries Vater, dem Kupfer. Und bei seinem Schwiegersohn Butt dann auch nicht. Immerhin das wäre unter Butts Fuchtel ordentlich gelaufen. Noch so eine Sache, die man als junger Mensch nicht verstehen würde: dass die orientalische Kultur nicht nach Europa passen wollte. Nach Generationen noch nicht, ganz offenkundig also nie. Wofür habe sie sich damals für Frauenrechte stark gemacht, wenn sie sich 20 Jahre später in einer westlichen Großstadt immer noch oder aber schon wieder bandagierte Frauenköpfe anschauen müsse, stellt Frau Klein in den Raum. Feldmann sagt dazu nichts, Frau Klein erwartet das offenbar auch nicht.

Die nächste Frage. Ob Martin Butt beliebt war im Haus. Feldmann ahnt schon, dass er es keineswegs war. Dass er alles andere als beliebt gewesen wäre, kommt ohne Umschweife die Bestätigung. Und integer schon gar nicht. Deshalb hätte ihn aber keine der Mieterinnen umgebracht. Aber das brauche wohl nicht betont zu

26

werden, findet Frau Klein. „Wo kam der Butt eigentlich her an dem Morgen? Drüben aus dem ‚Gift'?"

„Ja, richtig, aus der Kneipe ‚Das Gift'. Woher wissen Sie das?"

Frau Klein hat es geraten, was nicht schwer sei. Butt hätte dauernd dort herumgesessen. „Die schenken irgendeine besondere Whiskeysorte aus. Mein Mann geht hin und wieder mit seinen Freunden rüber, und immer sitzt der Butt am Tresen... saß. An dem Tag war mein Mann aber den ganzen Abend zuhause. Wie wir ja schon zu Protokoll gegeben haben. Mit wem war Butt denn saufen in der Nacht? Damit hätten Sie doch Ihren Verdächtigen. Oder Ihre Verdächtige, ich meine, wegen des hohen Geschreis."

In Annes Kopf beginnt es sofort wieder zu pochen. Reflexartig rutscht sie noch ein Stück zurück. Dass es so einfach nicht wäre, versichert da zum Glück die Kommissarin. Butt hätte allein im Gift gesessen und mit niemandem geredet, abgesehen vom Smalltalk mit dem Barkeeper.

„Um zehn vor vier war Feierabend, Martin Butt ist als letzter gegangen. Gegen vier ist er im Treppenhaus gehört worden. Uns fehlen also lediglich die paar Minuten dazwischen."

„Lebte halt jetzt allein, der Butt. Bekam ihm wohl doch nicht so gut. Und plötzlich liegt er tot im Hausflur. Na, ja… Was soll ich da sagen?"

Feldmann ertappt sich dabei, verwundert darüber zu sein, dass auch mal ein Böser relativ unspektakulär abgeräumt wird. Blödsinn. Ob der Kerl tatsächlich böse war, ist ja noch gar nicht raus. Ein Mieterinnen-Komplott gegen den Hauseigentümer kann nicht ausgeschlossen werden.

„War Herr Butt häufig betrunken?"

„Na, will ich so nicht behaupten. Hin und wieder, wenn er spät nach Hause kam. Hat sich dann aber auch gleich in seine Wohnung verzogen. Tagsüber habe ich ihn nie betrunken erlebt."

„Gut. Dann interessiert mich noch Marie Butt."

Frau Klein wird abrupt nervös. „Die Marie, ach ja... das arme Geschöpf." Sie schaut zur Zimmerdecke. Feldmann folgt Frau Kleins Blick, die daraufhin sofort zu Boden sieht. Anne dagegen entspannt sich ein bisschen, das Pochen im Kopf legt sich.

Dass Marie Butt nicht ganz in Ordnung gewesen wäre, genaueres wüsste sie aber nicht, hört Anne ihre Mutter sofort wieder drauflosreden, jetzt etwas hektischer als vorher. Man habe mit Marie nicht plaudern können. „Den ganz alltäglichen Smalltalk meine ich. Die Marie stand da und hat einen angeschaut, als würde sie einen nicht verstehen. Lächelte aber dennoch immer. Irritierend. Der Butt hat es sicher nicht leicht gehabt mit ihr. Männer wie der können mit so was doch nicht umgehen. Was man ihm aber ankreiden muss: Er hat die Marie geheiratet, weil der Kupfer nicht unvermögend war", vermutet Frau Klein. Und schaut noch einmal kurz zur Zimmerdecke. Der Butt wäre nicht der Typ gewesen, so eine Frau zu heiraten und sich dann um sie zu kümmern. Außer, er bekäme etwas dafür. „Die beiden haben das Haus vor fünf Jahren geerbt. Der Butt war aus der Metzgerbranche, also bitte, Frau Feldmann! Für einen Neuköllner Jungen und Fleischermeister ohne Ambitionen, der faul und ungehobelt ist, bedeutet es Aufstieg, plötzlich Hauseigentümer zu sein, oder?"

„Möglich ist das", räumt Feldmann ein. Frau Kleins Blick schweift wieder zur Decke. Aber langsam wird sie etwas ruhiger.

„Herr Butt hat unserer Recherche nach die letzten fünf Jahre, also ab seinem 50. Lebensjahr nirgendwo mehr gearbeitet."

„Warum auch?" Frau Klein hat sich wieder im Griff. „Hatte er ja nicht mehr nötig bei der Erbschaft. Vorher musste oder wollte er dem alten Kupfer zuarbeiten. Und konnte sich gut verstellen, so gut, dass Kupfer ihm seine Tochter anvertraute."

Frau Klein schaut noch einmal zur Decke, steht auf, weiß nicht so recht, wohin mit sich. Also geht sie zur Küchendurchreiche, wo ein paar Flaschen Mineralwasser stehen. Eine davon bringt sie mit an den Tisch, obwohl da noch eine halb gefüllte steht. Anne erschrickt, als sie die Holzschlappen ihrer Mutter auf dem Parkettboden hört, robbt zurück, drückt sich an die Flurwand.

„Wollen Sie nicht wenigstens ein Stück Zitrone in Ihr Mineralwasser?"

Feldmann lehnt dankend ab, kommt noch einmal auf Marie zu sprechen. Ob Gewalt gegen Frau Butt beobachtet worden sei. Frau Klein dreht die Flasche auf, es zischt, Wasser plätschert in die Gläser.

„Gewalt? Das nicht." Sie schüttelt den Kopf. „Jedenfalls hat nie jemand hier so etwas mitgekriegt. Der Butt hat seine Frau eben abgeschoben. Angeblich, weil es zuhause nicht mehr ging mit ihr. Ich glaubte das damals nicht. Verrückt war die Marie keinesfalls. Kompliziert bestimmt, aber nicht so verrückt, dass sie in eine Klinik gehörte. Der Butt wollte sie loswerden, wenn Sie mich fragen. Als Maries Vater gestorben ist, hatte er freie Bahn. Kaum war der alte Kupfer unter der Erde, ver-

schwand Marie im Krankenhaus oder Pflegeheim, oder
was das für eine Einrichtung war. Butt hat sich nicht
einmal die Mühe gemacht, zumindest noch ein paar Monate zu warten, um den Schein zu wahren. Können Sie
prüfen, woran Frau Butt gestorben ist?"

Das sei geplant, versichert Feldmann. Frau Klein er-
zittert. Feldmann kann das nicht deuten. Ein Versuch
noch. Angehörige von Marie habe die Polizei noch nicht
ausmachen können. „Hatte sie niemanden mehr?"

„Ich meine nicht." Frau Klein schweigt, als wolle sie
das Thema Marie Butt nun beenden. Aber die Kommissarin blickt sie weiter erwartungsvoll an, also holt sie
noch einmal Luft und gibt zu bedenken, dass Angehörige ja eingeschritten wären, als Frau Butt in die Klinik
gebracht worden sei. Nein, nach dem Tod ihres Vaters
wäre Marie allein gewesen. Frau Klein hätte sogar einmal
nachgefragt. „Marie hat nur den Kopf geschüttelt. Bedeutete wohl keine Familie. Man konnte mit ihr eben
über so etwas nicht sprechen. Aber wenn Sie etwas herausfinden über ihr Schicksal dort in der Anstalt... das
würde ich gern wissen... wenn Sie das dürfen."

„Schauen wir mal, was da los war." Feldmann macht
sich eine Gedankennotiz. Irgendetwas lief zwischen den
Mieterinnen und Marie.

„Eines würde ich noch gern wissen. Zu ihrer Nachbarin Frau Schwarz und deren Sohn Tobias, haben Sie
da Kontakt?"

„Die Schwarz, ja ..." Frau Klein atmet auf. Thema
Marie endlich erledigt. Nicht auszudenken, was die
Kommissarin von einer erwachsenen Frau halten würde,
die aussagt, dass im Haus die Kunde umginge, der Geist
von Marie schleiche nachts im Treppenhaus umher und
habe sich jetzt am Butt gerächt für die Abschiebung ins

Pflegeheim. Frau Klein schüttelt sich. Die Kommissarin würde vermutlich auch sie und sämtliche Nachbarinnen sofort bei dieser Psychologin einbuchen. Frau Klein trinkt langsam ihr Glas leer, um sich eine kleine Entspannungspause zu verschaffen.

Die Schwarz sei immer sehr auf ihr Ansehen bedacht, erläutert sie, als sie sich wieder gesammelt hat. Sie habe zum Beispiel viel über den Beruf ihres Mannes gesprochen, damals, als der noch lebte. Er sei Restaurantchef gewesen. „Aber sie...“

„Ja?“

„Ich mische mich ungern in anderer Leute Erziehungsmethoden ein, mache mit Anne sicher auch nicht alles perfekt, obwohl ich gelernte Kinderkrankenschwester bin und auch einige Jahre in meinem Beruf gearbeitet habe, aber die Schwarz... Wie mir erzählt wurde, hat sie damals ihre beiden Jungen Tobias und Stefan dauernd geschlagen, und zwar heftig. Ich kann nur sagen, was ich von Frau Kahane hörte, die wohnte damals schon im Haus. Sie vertraute mir an, sie wäre häufig hin und her gerissen gewesen, ob sie einschreiten oder das Jugendamt benachrichtigen sollte. Ließ dann aber beides sein, wollte nicht dafür verantwortlich sein, dass man die Jungen wegholt. Im Heim muss es ihnen ja nicht besser gehen. Herr Schwarz wusste davon ihrer Meinung nach nichts, der war ja fast nie zuhause. Aber dass sie nie mit Frau Schwarz geredet oder ihr zumindest einen wohlgemeinten Ratschlag erteilt hatte damals, machte der Kahane lange zu schaffen. Sie hätte es nicht fertiggebracht, sich einzumischen, sagte sie mir. Und wissen Sie was — ich kann das nachvollziehen.“

„Ist Tobias nicht gerade zu Besuch?“

„Der ist jetzt wieder da, ja. Warum er mit über 40 Jahren bei seiner Mutter wohnt, und das nach allem, was vorgefallen ist, versteht hier niemand."

„Ah so, Tobias Schwarz wohnt wieder hier. Meiner bisherigen Information nach ist er auf Besuch da."

„Mag sein, aber der Besuch dauert schon über ein halbes Jahr. Vielleicht hat er gerade keine Wohnung aus irgendeinem Grund. Ist ja heutzutage nicht so ungewöhnlich."

„Nein", bestätigt die Kommissarin. Tobias Schwarz rückt einen Platz vor auf ihrer Liste der extraordinären Persönlichkeiten im Haus.

Weitere Fragen hat Feldmann für den Moment nicht, sie steht auf, und Anne hinter der Tür ebenfalls, schleicht ganz leise in ihr Zimmer. Sie hört, wie die Kommissarin sich verabschiedet, zum Glück, ohne sie noch einmal sprechen zu wollen.

*

Feldmann bekam gestern einen Assistenten zugeteilt. Ihre bisherige Assistentin Kira hat letzten Monat Berlin verlassen, nachdem sie von einem Burnout in den nächsten geschlittert war, und daraufhin gut gemeinte Presseartikel, denen zufolge das Krankheitsbild Burnout gar nicht existiere, sondern von der Pharmaindustrie erfunden sei, ihr Mailpostfach verstopften. Kira spendeten diese Zusendungen ihrer Kolleginnen wenig Trost, bei der Überwindung der Krankheit – oder auch der erfundenen Krankheit – halfen sie gar nicht.

Ab sofort wird Kira, gerade 40 Jahre alt geworden, an der Ostsee arbeiten. Sie beschloss, den Umzug in einen kleinen Kurort sowie ihren runden Geburtstag als Chance anzunehmen. Alles würde nun besser werden. Feldmann, die übrigens noch nie Presseartikel verschickt hat und dies auch in Zukunft nicht zu tun gedenkt, hofft, dass es Kira in Scharbeutz besser gehen wird. Und ist betrübt. Die beiden Frauen waren ein hervorragendes Team. Abgesehen davon, dass sie gleich alt sind, und zwar fast auf den Tag genau, hatten sie sich auch sonst perfekt ergänzt: Kira feinnervig und empfänglich für alles Übersinnliche bis zur Hellsichtigkeit, dabei ständig überreizt, Feldmann ruhig, geerdet und auf die sicht- und hörbare Realität konzentriert.

Und nun soll also ein Henning Jensen Kira ersetzen. Der junge Mann hat soeben die Polizeihochschule beendet. Ein Ass sei er. Theoretisch. So hatte Grüner, Feldmanns Vorgesetzter, ihn eingeführt, dann etwas weniger euphorisch hinzugefügt, Jensen habe, bevor er sich dazu entschloss, Kommissar zu werden, ein Psychologiestudium begonnen, aber wieder abgebrochen.

„Es scheint sich also um einen Menschen zu handeln, der flexibel ist und nicht starr an einmal getroffenen Entscheidungen festhält", hatte Grüner das Bild wieder rund gemacht, und dann, nach kurzer Pause, Feldmann im Vertrauen gesteckt, dass der neue Assistent der Sohn eines recht bekannten Strafverteidigers sei. „Der Sohn Ihres Bekannten?", wollte Feldmann gerade nachhaken, weil sie sich nicht sicher war, ob sie Grüner richtig verstanden hatte. Der aber fuhr bereits fort: „Hat nicht den Biss des Vaters geerbt, was aber auch von Vorteil sein kann." Feldmanns Frage erübrigte sich somit.

Der Morgen hatte schon gut angefangen, denn Matthias war etwas Künstlerisches eingefallen, und das bedeutete, dass er den Jungen an dem Tag zuhause nicht gebrauchen konnte. Feldmann, nach wie vor krank, hatte ihren Sohn Otto also vor Dienstbeginn noch zu dessen Großmutter gefahren, die eigentlich auch beschäftigt war, nämlich 16 Kilo Beeren einkochen wollte. Aber gut, Schulferien sind die Katastrophen berufstätiger Eltern, oder auch die der Eltern, die nicht berufstätig sind, aber ausgerechnet in den Schulferien künstlerische Eingebungen haben. Und so hatte Ottos Großmutter die Beeren für diesen Tag in den Kühlschrank gestellt, ihrem Matthias zuliebe, vielleicht würde ja doch noch was aus einem fast vierzigjährigen arbeitslosen Grafiker werden.

Und als Feldmann endlich im Büro eintraf, stand neben ihrem Schreibtisch ein Bursche Anfang dreißig, 1,85 m groß, durchtrainiert, mit blondem Pferdeschwanz, dem Hauch eines Dreitagebarts und azurblauen Augen. Die Designerjeans saß locker auf schmalen Hüften. Der Mann strahlte seine verschnupfte Chefin an, als sollten sie gemeinsam auf Vergnügungsreise gehen.

„Warum denn nun zur Polizei, mein Freund?", dachte Feldmann übellaunig. Warum geht jemand wie du nicht ein paar Jahre auf den Laufsteg, beendet danach sein Psychologiestudium, zieht dann noch einen Therapeutenlehrgang durch, hat zuvor in der Modebranche ein paar hippe Leutchen kennengelernt, nicht wenige davon leiden an einer narzisstischen Persönlichkeitsstörung, die der frisch gebackene Psychotherapeut nun behandeln darf.

Ihre Stimmung hellte sich aber gleich darauf ein wenig auf, denn mit dem pünktlichen Erscheinen des Schönlings war ja eine weitere frühmorgendliche Unannehmlichkeit vom Tisch. Ihn würde sie zur Leichenschau schicken, als erste Amtshandlung sozusagen. Mal schauen, ob es danach noch so aus ihm heraus funkelte. Aber eins nach dem anderen. Zunächst reichte er ihr nämlich versöhnlich die Hand.

„Henning Jensen! Ich freue mich, Ihnen assistieren zu dürfen."

Feldmann stellte sich auch vor, erwiderte, sie freue sich ebenfalls, verschwieg natürlich, dass jemand wie Henning ihr im Moment noch gefehlt hätte. Dann schmiss sie die Kaffeemaschine an, Henning passte gut auf. Offenbar war ihm klar, dass das in Zukunft sein Job sein würde. Die beiden tranken Kaffee und aßen großzügig geschnittene Scheiben veganen Marmorkuchens, den Henning zum Einstand mitgebracht hatte.

„Selbst gebacken?"

Das nicht, der Kuchen war vom Backstand des Biosupermarktes. Feldmann fand ihn geschmacklich dennoch nicht übel, wie sie sich eingestehen musste. Während sie aßen, informierte sie ihren Assistenten aber erst mal über den Fall Butt und die bisherigen Fakten. „Martin Butt ist nach dem Tod seiner Frau Marie..."

„Woran ist die gestorben?"

„Langsam, eins nach dem anderen", bat Feldmann, dachte: übereifriges Kerlchen, fuhr fort, dass Butt also Alleinerbe gewesen sei, aufgrund des Berliner Testaments der Eheleute. Da keine Angehörigen von Frau Butt ermittelt werden konnten, wären nun höchstwahrscheinlich Monika, Butts einzige Tochter, und Butts Schwester Erbinnen. Die beiden hätte man bereits befragt. „Wasserdichte Alibis: Monika war auf einem Kurztrip an der Ostsee mit ihrer Alleinerziehende-Mütter-

Gruppe und den dazugehörigen Kindern. Butts Schwester... "

„Auftragsmord?", unterbrach Henning wieder.

„Nichts ist ausgeschlossen, aber Monika Butt wirkte, als wolle sie weder mit ihrem Vater noch mit dessen Geld etwas zu tun haben. Die Beziehung zu ihm sei nicht gut gewesen, er habe ihre Mutter damals sitzengelassen und unregelmäßig für die Tochter gezahlt. In den letzten Jahren habe man sich einander ein klein wenig angenähert. Im Großen und Ganzen wäre sie aber stets froh gewesen, ihn nicht sehen zu müssen. Und über seinen Tod sei sie weder froh noch traurig."

Feldmann kam zu Butts gehbehinderter Schwester, die ihren Bruder einmal im Jahr gesehen hätte, wenn überhaupt, und die in der Tatnacht zuhause von 23 bis 6 Uhr wie immer schlafend im Bett lag. „Die Nachbarinnen bestätigten das, sagten aus, dass es nicht zu überhören gewesen wäre, wenn Frau Butt mit ihrer Gehhilfe in der Nacht das Haus verlassen hätte. Ansonsten gibt es keine Verwandten."

Und über Martin Butt wäre inzwischen bekannt, dass er ein ungehobelter Kerl gewesen sein sollte, der in seinem von der unteren Mittelschicht bewohnten Mietshaus unbeliebt war und allem Anschein nach seine psychisch behinderte oder beeinträchtigte Frau Marie nach dem Tod deren Vaters in eine Einrichtung abgeschoben hatte. Frau Butt sei in der Einrichtung gestorben, woran galt es noch zu ermitteln. Vielleicht gäbe es einen Zusammenhang zwischen ihrem und Butts Tod. Wie sich am Vortag zudem herausgestellt hätte, erhielt außer den Mieterinnen Klein auch das Ehepaar Manns eine Eigenbedarfskündigung, alle anderen Parteien eine Mieterhöhung.

„Nicht schön, aber kein Grund, den Kerl die Treppe herunterzustoßen!", fand Henning, machte sich Notizen in einem ledernen Büchlein und schenkte seiner Vorgesetzten Kaffee nach.

„Richtig. Aber die bisherigen Aussagen deuten darauf hin, dass noch jemand, der oder die sich in rasender Eile verdünnisierte, bei Martin Butt war an diesem Morgen. Möglicherweise eine Frau, wegen der hohen Stimme. Und zweitens stimmt irgendwas im Haus nicht. Die Leute verschweigen mir etwas."

Hennings Augen leuchteten in einem betörenden Blauton auf. „Was denken Sie, in welche Richtung das geht?"

„Noch keine Idee. Schauen wir mal. Aber noch mal zu den Fakten. Das Umfeld von Martin Butt ist überprüft, Tochter, Schwester, ein paar Bekannte, bis vor sechs Wochen war da noch eine junge Frau, die nach eigenen Angaben zwei Monate ‚ein bisschen' mit ihm verbandelt war. Er habe sie finanziell unterstützt. Sämtliche Alibis sind völlig in Ordnung, keiner der Leute aus seinem privaten Umfeld kann sich vorstellen, dass ihn jemand umgebracht haben soll. Feindlich gesinnt wäre ihm niemand gewesen. Dass die Leute in seinem Haus ihn nicht mochten, war aber bekannt. Außer ein wenig Schikane gegen die Mieterinnen soll er nichts auf dem Kerbholz gehabt haben. Dass seine Frau in ein Pflegeheim gehörte, ist im Bekanntenkreis Konsens, nur Butts Tochter und Schwester haben sich dazu nicht geäußert. Hätten Marie ja kaum gekannt, behaupten beide. Kontakt zum Pflegeheim aufnehmen..." Feldmann zeigte auf Hennings Notizbuch, er schrieb.

„Diese seltsame Verlegenheit in Bezug auf Butt und seine verstorbene Frau ist übrigens ausschließlich unter seinen Mieterinnen auszumachen."

„Aha", machte Henning aufmerksam.

„Was verschweigen mir die Leute..."

„Kollektivtat?"

„Nein, nein, das würde anders klingen... Gut, wir kriegen das raus. Kommen wir nun zu etwas Unangenehmem. Die Leiche. Gehen Sie runter in die Pathologie, um nach dem Obduktionsergebnis zu fragen, können Sie das?"

Wenn Henning das vorher gewusst hätte, wäre das Frühstück etwas karger ausgefallen, aber er wollte natürlich nicht kneifen. Konnte er ja gar nicht, ohne den ersten Eindruck zu verhunzen. Er nickte beherzt.

„Moment noch!"

Feldmann nahm drei Papiertaschentücher aus der Schreibtischschublade, legte sie übereinander und löffelte etwas Kaffeesatz darauf.

„Halten Sie sich das im Keller vor die Nase. Mit der Zeit können Sie die Maske immer weiter vom Gesicht entfernen, die Nase gewöhnt sich an den Geruch unten. Aber nicht ganz weglegen. Auch nicht sofort, wenn Sie wieder draußen sind. Langsam bis zehn zählen, dann erst. Soll ich lieber mitkommen?", fragte Feldmann mit verstopfter Schnupfennase großzügig. Henning schüttelte den Kopf, nahm das präparierte Taschentuch, bedankte sich und machte sich an seinen ersten Auftrag.

Jetzt ist es zehn. Henning ist wieder da und es geht ihm gut. Oder er kann sich gut zusammenreißen, Feldmann mutmaßt letzteres.

„Die Obduktion von Martin Butt lässt darauf schließen, dass er nicht die Treppe hinuntergestürzt ist, weil er alkoholisiert war, wie einige Nachbarinnen behaupteten. Zwar war er alkoholisiert, aber es sind außerdem abgesehen vom Bluterguss am rechten Auge weitere Anzeichen für einen Kampf gefunden worden. Und ein Riss im Hosenbein links, Spuren eines möglichen Täters Pustekuchen, draußen hat es geregnet an dem Morgen, an Butts Hosenaufschlag fand sich ein Gemisch aus Pfütze, Straßendreck, Hunde... äh... Hundestuhl und..."

„Geben Sie mir doch mal den Bericht."

„Entschuldigung, ich wollte das nur kurz zusammenfassen."

Feldmann lächelt. Und findet, sie dürfe jetzt etwas freundlicher sein. Der Junge ist offenbar doch nicht so anstrengend wie er aussieht, könnte sogar tatsächlich eine Hilfe sein.

„Dankeschön. Ja, das passt. Was er an seinem Hosenbein mit sich herum trug, wurde auch am Tatort auf dem Treppenabsatz von der Spurensicherung gefunden. Und hier, schauen Sie mal, Henning, zwei Blutergüsse am rechten Bein, die nicht vom Sturz herrühren können, weil der Bewegungsablauf aufgrund der übrigen Sturzverletzungen dagegenspricht. Im Hausflur gibt es ein massives Holzgeländer, wie ich gesehen habe. Da könnte er während des Kampfes gegengestoßen worden sein. Aber das Hosenbein hat er sich wahrscheinlich beim Sturz an der untersten Metalltreppenleiste zerrissen. Die ist nämlich nicht mehr in Ordnung, wie ich gesehen habe. Was dagegensprechen könnte, ist, dass wir an der Leiste keine Fasern gefunden haben. Das wiederum kann daher kommen, dass der Hosenstoff nass war. Ich halte den Riss durch die Treppenleiste für wahrscheinlich.

Und zu den Verletzungen... wie wär's - fahren Sie zum Tatort und testen Sie aus, wie man dort kämpfen müsste, um sich Blutergüsse am Geländer zuzuziehen?"

„Jetzt sofort?"

„Haben Sie etwas Wichtigeres vor?"

Henning macht sich sogleich auf den Weg.

Zwanzig Minuten später beobachten einige erstaunte Mieterinnen, wie ein modisch gekleideter junger Mann mit Pferdeschwanz auf der Treppe mit unsichtbaren Gegnerinnen kämpft und von diesen offenbar immer wieder gegen das Holzgeländer gestoßen wird, bis Hausmeisterin Müller beschließt, die Kommissarin anzurufen.

*

„Die Polizei bittet um Mithilfe: Gesucht wird eine Frau, unbekannten Alters und Aussehens, die am 7. Mai 2015 gegen vier Uhr morgens allein oder in Begleitung des Opfers Martin Butt (180 cm groß, breite Statur, Glatze, untersetzt, bekleidet mit dunklen Jeans und hellem Jackett) das Haus Weichselstraße 10 betreten hat, bzw. um diese Uhrzeit in der Weichsel- oder Donaustraße gesehen wurde. Sachdienliche Hinweise nimmt jede Polizeistelle entgegen."

Es gehen nicht einmal Hinweise auf ungeliebte Nachbarinnen ein. Lediglich ein paar Spaßvögel mailen der Polizei. Man habe den Aushang in Nord-Neukölln gelesen, sei sich sicher, Marge Simpson gesehen zu haben, ihre Haartracht sei unverkennbar. Auch Daisy Duck war laut einem anderen Beobachter am fraglichen Morgen in der Weichselstraße unterwegs, dazu zahllose Geister verstorbener Großmütter, Tanten und Schwestern.

*

Feldmanns Büro. Könnte auch mal ein Pflänzchen hingestellt werden, denkt sie immer dann, wenn sie aus den Büros der Kolleginnen kommt, die zumeist gerade dabei sind, dem Dschungel auf ihren Fensterbänken Dünger, Wasser und warme Worte zukommen zu lassen. In Feldmanns Büro sieht es karg aus, oder reduziert, wie man heutzutage sagt. Schreibtisch, Stühle, Aktenschrank. Eine Kaffeemaschine auf einem Campingtisch, an dem auch hin und wieder gefrühstückt wird oder Sohn Otto Schularbeiten macht. Wenn sein Vater eine künstlerische Eingebung hat und Ruhe braucht. Alles andere gehört nach Hause, ins Privatleben, findet Feldmann, die immer wieder peinlich berührt ist von Fotogalerien und Plastikfigürchensammlungen auf den Tischen ihrer Kolleginnen.

„Mögen Sie Topfpflanzen im Büro, Henning?"

Er stutzt, will diplomatisch sein. Da ihm so schnell nichts Passendes einfällt, schweigt er. Und Feldmann: „Nein? Gut, ich auch nicht. Das wäre also geklärt."

Die Unkompliziertheit seiner Vorgesetzten gefiel Henning vom ersten Moment an. Thema Pflanzen erledigt, ohne dass die kleinste Missstimmung aufkommt, weil der Assistent eine gewisse Vorliebe für Raumbegrünung hegt, im Büro und überhaupt; natürlich hätte er das nur in Verbindung mit einer Fußnote gestanden: Seiner Leidenschaft könne er aber zuhause frönen – und täte dies auch. Aber so – viel besser!

Henning ist zufrieden, sowohl mit seiner Vorgesetzten als auch mit seinem ersten Job bei der Polizei. Das ist endlich sein Ding! Er beugt sich interessiert mit über den Aktenordner Klinik aus der Butt-Wohnung. Ein zarter Hauch Männerparfüm weht Feldmann entgegen. Ihre Nase nimmt langsam die Arbeit wieder auf.

Butt war, wie es aussieht, ordentlich. Sehr sogar. Rechnungen der privaten Nervenklinik in Liebenburg, Diagnosen, Labor, alles fein säuberlich nach Datum abgeheftet. Marie Butt litt laut Bericht des dortigen Chefarztes wahrscheinlich an einer Psychose. Das musste beobachtet werden, sie war im Wohnheim der Klinik untergebracht. Pflegestufe eins. Butt zahlte dazu, fast 4000 Euro pro Monat.

Am 5. Juni 2013 um 5.45 Uhr, drei Jahre nach ihrer Aufnahme, wurde Marie Butt von einer Pflegerin auf dem Weg zur Frühschicht tot auf der Grünfläche vor dem Wohnheim der Klinik gefunden. Die Patientin habe sich aus ihrem Zimmer im dritten Stock gestürzt. Keine Fremdeinwirkung. Nachweis des Medikaments Nortrilen im Blut. Wurde der Patientin laut Arztbrief gleich nach Aufnahme verschrieben.

„Nortrilen bei einer möglichen Psychose?"

Über so viel medizinisches Verständnis, um zu wissen, dass ein Antidepressivum nicht die richtige Medizin gegen eine Psychose ist, diese sogar im schlimmsten Fall auslösen könne, verfügt selbst Feldmann. Henning bestätigt das, räumt bei der Gelegenheit ein, dass er ein Medizinstudium und danach ein Psychologiestudium begonnen und wieder abgebrochen habe. Feldmann nimmt das zur Kenntnis, fragt sich, warum ihr Vorgesetzter das abgebrochene Medizinstudium nicht erwähnt hat, ahnt, dass es irgendwie mit der Schwierigkeit zu tun gehabt haben könnte, auf die Schnelle einen Ersatz für Kira zu organisieren. Feldmann nimmt Hennings Bekenntnis also hin, ohne nach den Gründen für die Studienabbrüche zu fragen, was ihm augenscheinlich angenehm ist. Er wird beauftragt, Kontakt zu Klinik und Wohnheim herzustellen, um die Medikamentenverordnung und mögliche Gründe für die Selbsttötung abzuklären.

„Was sagen denn Frau Butts Berliner Ärztinnen zu all dem?"

Das weiß Feldmann noch nicht. In sämtlichen Schränken und Schubladen der Butt-Wohnung ist nach Diagnosen aus Berlin gesucht worden, vergeblich. Außer den Berichten aus der Klinik in Niedersachsen gibt es keine Diagnosen, nichts aus Berlin, nicht mal Namen und Adresse einer Hausärztin. Auch bei der Privatkasse eingereichte Arztrechnungen der letzten zehn Jahre beziehen sich nur auf Vorsorgeuntersuchungen und Zahnarztbehandlungen von Herrn Butt, der allem Anschein nach recht gesund war.

„Die mögliche Psychose seiner Frau bereitet mir Kopfzerbrechen. Berichte der Nachbarinnen ließen keinesfalls auf eine Psychose bei Marie Butt schließen, nicht mal auf eine leichte. Verstehen Sie das, Henning? Haben Sie einen Verdacht?"

Die Ahnung eines Verdachts hegt er. Butt habe seine Frau möglicherweise loswerden wollen, und damit es nicht danach aussähe, dass der Tod ihres Vaters der Grund für die Abschiebung wäre, sei die Psychose eine Gefälligkeitsdiagnose des kooperierenden Arztes gewesen. Besagte Psychose sei aber offenbar, oder besser: zum Glück, nicht medikamentös behandelt wurde. Wahrscheinlich, um einer eventuellen späteren Anzeige wegen Körperverletzung – oder wie man heutzutage sagt: wegen eines Kunstfehlers – zu entgehen. Frau Butt habe sich in der Einrichtung unwohl gefühlt, und da ihr Mann eine Entlassung verhinderte, sei sie schließlich in den Tod gesprungen. Was das alles mit dem Tod von Martin Butt zu tun habe, bliebe aber schleierhaft.

Feldmann überhört den verdeckten Vorwurf in Form des letzten Satzes, sagt: „Sehr schön, Henning. Kann man erst mal so in den Raum stellen, aber bitte noch nicht festzurren." Die Kommissarin ist fürs Erste zufrieden mit dem Assistenten, der heute gegeltes Haar und einen Dutt trägt. Dazu ist er glattrasiert.

„Kriegen Sie geklärt, was im Hintergrund ablief? Prüfen sie, ob die Butts noch irgendeine weitere Krankenversicherung hatten. Wenn ja, lassen Sie sich sämtliche Abrechnungen und Diagnosen schicken."

Henning ist ein wenig eingeschnappt, denn da wäre er ganz von selbst drauf gekommen. Doch er bedankt sich freundlich lächelnd für die Hilfestellung, hat in all den Jahren schließlich gelernt, dass schöne Männer gern für unmotiviert gehalten werden.

*

Frau Kahane macht sich am Freitag um viertel vor zehn Uhr auf den Weg zur Beerdigung von Martin Butt. Nicht weil sie den Drang verspürt, sich von ihrem Vermieter zu verabschieden. Ebenso wenig, weil sie zu den Leuten gehört, die routinemäßig bei Beerdigungen auftauchen, erst recht, wenn sie die Verstorbenen gar nicht kannten, und nach der Zeremonie mit den Angehörigen in eine Gaststätte einkehren, um sich Mittagessen oder Kaffee und Streuselkuchen schmecken zu lassen. Nein, Frau Kahane geht aus einer Art Pflichtgefühl zu Butts Beerdigung.

Wie sie vor Ort feststellt, steht sie mit ihrem Pflichtgefühl fast allein da. Am Grab haben sich abgesehen vom Pfarrer lediglich Butts Tochter Monika, eine ungefähr 30-jährige Frau mit hennarot gefärbtem igelkurzem Haar, um die herum zwei augenscheinlich anti-autoritär erzogene Kinder springen, sowie Butts ältere Schwester, eine unscheinbare Rentnerin mit grauem Haarknoten in unmodernem Blazer mit doppelter Knopfreihe, versammelt. Und dann ist da noch Henning Jensen, der in schwarzem Designeranzug, das lange Haar unter einem Hut verborgen, im Hintergrund zwischen der Friedhofsbepflanzung umherschleicht, dabei aber darauf achtet, dass seine neuen lederbesohlten Halbschuhe keinen Schaden nehmen. Sonst ist niemand gekommen.

Frau Kahane kennt Butts Tochter und Schwester vom Sehen, die beiden waren damals, als Marie und er einzogen, zur Einweihungs-Grillparty im Hof erschienen, zu der übrigens keine der Nachbarinnen eingeladen war. Am Rauch und Lärm der Feier durften allerdings alle Hausbewohnerinnen teilhaben.

Das scheint so lange her zu sein. Jetzt steht Frau Kahane am offenen Grab, schämt sich ein wenig und weiß nicht mal, wofür. Dass niemand von den Nachbarinnen erschienen ist? Dass sie gekommen ist? Vielleicht beides.

Ein paar nichtssagende Worte über Butt, der ein anständiger Mensch gewesen wäre, mit kleinen menschlichen Fehlern natürlich, „...wie wir alle...", werden mit monotoner Stimme vom Pfarrer vorgetragen.

Ein anständiger Mensch? Der Butt? Doch bei Frau Kahane regt sich nichts, nicht die kleinste Empörung, wie sie erfreut feststellt. Mit den Jahren scheint sie begriffen zu haben, dass man von einem Geistlichen eben so wenig zu erwarten hat, wie von den meisten anderen Mitmenschen.

Als der Pfarrer fertig und die Zeremonie beendet ist, macht Henning sich als erster aus dem Staub. Butt Tochter und Schwester sind bereits ausgiebig befragt worden, weitere Protagonistinnen sind nicht aufgetaucht. Frau Kahane gesellt sich zu den beiden Frauen, schüttelt Hände, stellt sich vor, erwähnt die damalige Grillparty aber nicht.

Butts Schwester wendet sich gleich wieder ab, der bittere Zug um ihren Mund rührt Frau Kahane. Die Frau ist, aus der Nähe betrachtet, um einiges jünger als sie selbst. Frau Kahane ist stolz darauf, sich ihr Lächeln bewahrt zu haben, auch wenn es mit den Jahren melancholisch geworden ist.

Butts Tochter scheint es besser zu gehen. Die Gesichtszüge ausgeglichen, der Blick wach. Monika ist auch gesprächiger als ihre Tante. Die Polizei wäre bei ihr gewesen, erzählt sie. Ein Mord sei nicht ausgeschlossen. Die junge Frau hält das aber für unwahrscheinlich.

„Obwohl der Alte kein guter Mensch war", fügt sie lakonisch hinzu.

„Das sind viele nicht", ergänzt Frau Kahane nicht minder trocken.

„Gehen Sie mit uns einen Kaffee trinken?"

Frau Kahane nimmt die Einladung an, Monika Butt ist ihr nicht unsympathisch. Die beiden kleinen Mädchen, die sich mittlerweile jauchzend durchs Friedhofsgebüsch schlagen, werden gerufen und kommen zu Frau Kahanes Erstaunen sofort gehorsam angelaufen. Die Frauen nehmen das Zwillingspärchen in ihre Mitte, steuern das Café am Britzer Garten an.

„Meine Tante und ich sind jetzt wohl Erbinnen", bemerkt Monika unterwegs nachdenklich. „Nächste Woche ist Testamentseröffnung."

„Immerhin...", entfährt es Frau Kahane.

Butts Schwester verzieht das Gesicht, als tue ihr etwas weh. Und Monika: „Wissen Sie, ich habe einen leidlich gut bezahlten Job, ich unterrichte Politik, Geschichte und Sozialkunde am Gymnasium. Reich wird man damit nicht, aber wir kommen zurecht. Sicher wird eine Erbschaft einiges angenehmer für meine Mädchen machen... aber..."

„Sie meinen, ihrem Vater stand das Haus nicht zu?", fragt Frau Kahane ganz direkt, da sie meint, Monika richtig verstanden zu haben.

„Ja. So ist es. Ich fand die Umstände um den Tod von Marie... sagen wir: ungeklärt und unschön. Ich kannte diese Frau kaum, hatte ja wenig Kontakt zu meinem Vater, zu Weihnachten hin und wieder, oder er kam zwei Mal im Jahr unangemeldet bei uns reingeschneit, hat den Mädchen Puppen und Plüschtiere in den Arm gedrückt und musste gleich wieder los. Dass er Marie in Pflege gegeben hat, weil ihre Behinderung ihn überforderte... na, ja, was soll ich dazu sagen? Steht es mir zu, darüber

zu urteilen? Ich habe ja nicht den Alltag mit Marie ver-
bracht.“

Butts Schwester murmelt vor sich hin, dass auch sie
keinen Wert auf den Besitz ihres Bruders lege. Frau Kahane denkt nach. Entscheidet dann, dass es überflüssig
ist, die Frauen zu fragen, ob die meinen, ihr Vater und
Bruder habe Marie des Geldes wegen geheiratet. Warum
soll sie die beiden quälen? Sie kämpfen doch offensicht-
lich bereits selbst mit ihren Gewissen.

Die Trauergäste betreten das Café. Dort, am Fens-
tertisch, dekoriert mit zwei Plastiknelken in einer Vase,
wird nicht mehr geredet, vielmehr schweigend Kaffee
getrunken und Kirsch-Streuselkuchen gegessen. Butts
Schwester isst nur ein Eckchen, wickelt ihr Kuchenstück
dann in eine Serviette; das Päckchen verschwindet in
ihrer Handtasche. Ab dann starrt sie reglos gegen die
Fensterscheibe. Dahinter, auf dem Buckower Damm, ist
wenig los. Hin und wieder saust ein Auto vorbei.

Die Mädchen spielen Fangen im fast leeren Lokal,
und ihre Mutter lässt sie gewähren. Zwischendurch
kommen sie an den Tisch gehüpft, um einen Schluck
Apfelsaft zu trinken.

Gegen Ende der kleinen Versammlung bemerkt
Monika noch einmal, dass ihr Vater kein guter Mensch
gewesen sei. Weder Butts Schwester noch Frau Kahane
haben dem etwas zu entgegnen. Aber man ist froh, dass
die Trauerfeier nun vorbei ist.

Gerade hat Frau Kahane die Eingangstür
Weichselstaße 10 aufgesperrt, da kommt ihr Frau Alt
entgegen. Dann Frau Manns. Schließlich noch Anne, die
sich aber sofort wieder verdrückt, als sie ihre dunkel
gekleidete Nachbarin sieht. Am liebsten würde Anne

momentan ein paar Tage zu den Großeltern in den Schwarzwald reisen, aus Berlin verschwinden, aber das geht nicht, erst muss Hamed wieder auftauchen. Ohne zu wissen, wo sie ist, hätte Anne doch keine ruhige Minute in Freiburg.

Die Alt und die Manns hingegen bleiben stehen. Bringen wie auf Kommando Gründe hervor, warum sie nicht zur Beerdigung kommen konnten, obwohl Frau Kahane keine Rechtfertigung erwartet, warum auch, schließlich hat sie die Damen nicht zu Butts Beerdigung eingeladen.

Monika hatte letzte Woche am schwarzen Brett einen Aushang gemacht, aber wohl nicht erwartet, dass irgendwer der Nachbarinnen erscheinen würde, wie es Frau Kahane vorhin schien.

Sie sei heute nicht gut beisammen, ein Infekt, verkündet Frau Alt jetzt. Sie schleppe den schon seit Tagen mit sich herum, habe sich offenbar bei dieser Kommissarin angesteckt. Um zu demonstrieren, dass der Virus es sich nun auch bei ihr bequem gemacht hat, nestelt sie ein Papiertaschentuch aus der Jackentasche und schnäuzt sich geräuschvoll die Nase. Und als sei das nicht bereits genug Grund, einer Beerdigung fernzubleiben, vermeldet sie außerdem, dass sie vorhin über zwei Stunden auf den Klempner warten musste. Sicher ist sicher.

Frau Manns hingegen verweist auf ihre geringfügige Beschäftigung im Büro der evangelischen Kirche. Den Job mache sie nicht aus Spaß, gesteht sie heute zum ersten Mal mit ernster Miene. Nein, aus Spaß ginge sie nicht arbeiten, auch wenn sie sich der evangelischen Kirche verbunden fühle. Dann schweigt sie, reibt Daumen und Zeigefinger aneinander, unausgesprochen schwingt nach, dass man bei den Lebenshaltungskosten heutzutage mit einem Gehalt pro Familie nicht mehr auskäme.

Als die drei Frauen so im Flur stehen, jede mit ihrer Darbietung befasst, kommt auch Herr Alt vom Dienst nach Hause. Er redet ausnahmsweise gar nicht groß um den heißen Brei herum; für seine Verhältnisse sehr direkt kommt er auf das zu sprechen, was ihn offenbar seit Butts Tod beschäftigt.

„War es dem Martin zu verdenken, dass er die Marie in Pflege gegeben hat? Leicht war es sicher nicht mit ihr."

„Warum sagen Sie das gerade heute?", möchte Frau Kahane wissen. Alt antwortet nicht gleich, oder besser: Er antwortet gar nicht, sondern schaut unwillkürlich die Treppe hoch. Die drei Frauen blicken wie auf Kommando in die gleiche Richtung und meinen, begriffen zu haben. Offenbar macht Herrn Alt das Wesen auf dem Dachboden zu schaffen, obwohl bei der Aufräumaktion im letzten Sommer doch angeblich nichts gefunden wurde, und zweitens das Wesen seit Butts Tod keinen Mucks mehr von sich gegeben hat, was allerdings in gewisser Weise auch unheimlich sei, wie die Frauen sich jetzt gegenseitig versichern.

Doch da plötzlich wird es Herrn Alt zu albern. Welches Wesen? So ein Blödsinn! Wäre doch längst geklärt. Herr Alt hält nichts von diesem Geisterglauben. Lächerlich! Man bewege sich doch unter mündigen Menschen, oder nicht? Thema erledigt, Herr Alt will nichts mehr dazu hören. Dafür will er aber bald essen. Was bedeute, dass er und vor allem seine Frau, die kochen soll, sich für heute verabschieden. Die beiden ziehen ab. Frau Manns bleibt noch stehen, wartet, bis das Ehepaar Alt außer Hörweite ist.

„Hieße es nicht immer, Frauen seien ängstlich?“, raunt sie Frau Kahane zu. Aber gut, Alt sei auch wirklich ein Angsthäschen vor dem Herrn. Ein Weichei. Das Gerücht, dass er schwul sei, gehe ja nicht von ungefähr seit Jahren im Haus um.

„Man weiß nicht, ob man Helga bemitleiden soll, dass ihr Mann nichts von ihr will, oder ob das ein Glück für sie ist.“ Die Manns wirft den Kopf nach hinten, wiehert vergnügt, dann verabschiedet sie sich aber auch für heute. Frau Kahane steigt seufzend zu ihrer Wohnung hinauf.

*

Am Sonntagabend um 19 Uhr wird bei „Täter Opfer Polizei“ auf RBB nach der unbekannten weiblichen Person in der Weichselstraße gefahndet. Hat sie jemand gesehen?

Feldmann hasst solche Fernsehsendungen. Wenn es nach ihr ginge, dürfte die Bevölkerung nicht aufgerufen werden, die Aufgaben der Polizei zu übernehmen. Die Leute haben schließlich ihre eigene Arbeit. Und morgens um vier sollten sie eigentlich in Ruhe schlafen.

Aber sowieso hat niemand eine ernstzunehmende Beobachtung gemacht? Abgesehen von ein paar Nachtschwärmerinnen aus den umliegenden Kneipen, die auch den Butt nicht gesehen haben, weil ihnen lediglich ihresgleichen auffallen, ist um vier Uhr morgens offenbar niemand zufällig in der Weichselstraße spazieren gegangen, um der Polizei zuzuarbeiten.

Der Assistent gefällt der Kommissarin immer besser. Er ist zwar nicht das Medium unsichtbarer Mächte wie seine Vorgängerin, versucht aber neben Sorgfalt und Gewissenhaftigkeit und täglich gutem Style ebenfalls, seine Intuitionen nicht zu überhören. Außerdem ist Feldmanns Schnupfen besser, was sie insgesamt wieder wohlwollender stimmt.

Henning hat herausgefunden, dass Butt vor seinem Sturz tatsächlich mit jemandem gekämpft haben musste und sich die Blutergüsse beim Zusammenprall mit dem Treppengeländer zuzog. Vier Zeichnungen sind von Henning, der bei der Gelegenheit einwirft, ein Kunststudium angefangen und wieder abgebrochen zu haben, dazu angefertigt worden, vier Möglichkeiten, wie der Kampf vonstattengegangen sein könnte. Immer endete es damit, dass Butt gegen das Geländer prallte. Rein vom Gefühl her präferiert Henning einen Angriff auf Butt von hinten, weshalb er diese Zeichnung sehr sorgfältig ausgearbeitet hat. Der Angreifer, als drahtige Figur gezeichnet, nutzte das Überraschungsmoment, um den schweren Butt zu Fall zu bringen.

Na, schön, das war nicht so schwer. Und zu dem Kunststudium sagt Feldmann, die Hennings Zeichenkünste recht beachtlich findet, nichts. Wie man sieht, konnte es nicht schaden. Hennings Vater, der Strafverteidiger, wollte dieses Kapitel aus dem Vorleben seines Sohnes dem Kumpel Grüner gegenüber aber höchstwahrscheinlich verschweigen.

Und Henning hat noch mehr auf Lager. Es gelang ihm erstens, Maries ehemaligen Hausarzt, den Internisten und Neurologen Mühl ausfindig zu machen, indem er gestern alle 112 Hausarztpraxen in Neukölln und Umgebung abtelefonierte und danach die der übrigen Bezirke abtelefoniert hätte. Und zweitens: Als er heute um elf Uhr in blau geblümtem Seidenhemd Feldmanns Büro betritt, ist er ganz genau über Maries Leiden aufgeklärt, oder korrekter, über Maries Nicht-Leiden, wie der Hausarzt sich ausdrückte, „wenn da nicht die verständnislose Umwelt wäre."

Die Offenbarung des Patientinnengeheimnisses sei im sogenannten mutmaßlichen Interesse der Verstorbenen, habe der Arzt rasch vorausgeschickt. Dann eloquent erläutert: Suizid gehöre nicht zu den üblichen Symptomen des Asperger Syndroms, Marie sei von einer leichten bis mittelschweren Form dieser Störung betroffen gewesen. Doch selbst bei schweren Formen des Asperger Syndroms gehöre Selbstmord nicht ins Repertoire der Betroffenen, außer, man würde diesen Menschen dauerhaft Umstände zumuten, die sie absolut nicht verarbeiten könnten. Oder ihnen Medikamente verabreichen, die versteckten Selbstmordgedanken freie Fahrt ermöglichten. Genau das müsste in der niedersächsischen Klinik, wo Marie untergebracht war, seiner Meinung nach geschehen sein.

Henning macht eine kurze Pause, um die Spannung zu erhöhen, denn er hat noch mehr zu berichten: „Nachdem Mühl damals von dem ‚Unglück', wie er Maries Tod nannte, erfuhr, und zwar nur durch Zufall bei einem Zusammentreffen zwischen Butt und ihm am Alexanderplatz, bestand er der Klinik gegenüber auf unverzügliche Herausgabe der Patientinnenakte. Das Antidepressivum Nortrilen wäre verabreicht worden, in den Augen von Doc Mühl die falsche Medikation. Und die Diagnose Verdacht auf Psychose passte weder zum Zustand der Patientin, noch zum Medikament Nortrilen. Wenn er über diese Irrtümer vor Frau Butts Tod im Bilde gewesen wäre, hätte er alles daran gesetzt, sie aus der Einrichtung, die laut Martin Butt eine fabelhafte Kurklinik gewesen wäre, herauszuholen. Sagt er."

„So."

„Unser Doc war richtig aufgekratzt. Redete und redete, um das Entscheidende nicht sagen zu müssen." Henning hält kurz inne. „... Nämlich: Warum er nichts gegen Frau Butts Unterbringung unternommen hatte", ergänzt er nach einer nur geringfügigen Pause, denn die Spannung ist mittlerweile nicht mehr zu steigern. Und weiter: „Martin Butt hatte vor dem Doc Mühl offenbar den völlig überlasteten Pfleger gemimt, der Erholung bräuchte. Hätte für seine Frau einen Kurplatz in einem Sanatorium gefunden, das einen tadellosen Eindruck machte. Seine Frau wäre zudem mit dem Leben im hektischen Berlin völlig überfordert. Und dann noch der Tod ihres Vaters. Sie bräuchte ihrerseits dringend Ruhe."

Feldmann macht Henning darauf aufmerksam, dass es nicht verboten sei, Menschen in Kur zu schicken, wenn alle Seiten einverstanden wären.

„Eben. Laut Mühl war Marie Butt einverstanden, sogar froh, eine Weile aus der Stadt herauszukommen. Jetzt, im Nachhinein, ist der Doc sich aber nicht mehr so sicher, ob das tatsächlich ihre eigene Entscheidung gewesen wäre. Er mache sich Vorwürfe, dass er sich diese Klinik nicht vorher zumindest im Internet angeschaut hätte."

„Wie glaubwürdig?"

„Fragen Sie das Ihren Assistenten oder den verhinderten Psychologen?"

Feldmann schmunzelt über so viel Souveränität. Oder bezweckt Henning, zweideutigen Hinweisen auf sein Vorleben von ihrer Seite zuvor zu kommen?

„Ich frage den, der antworten möchte", entgegnet sie sachlich, denn zu Seitenhieben neigt sie nicht, sonst wäre sie vermutlich auch schon längst geschieden.

„Also...", legt Henning wieder eifrig los, „der Assistent findet es seltsam, dass in Butts Wohnung kein einziger Hinweis auf den Mühl zu finden war, Abrechnungen und so weiter also... verloren gingen, sage ich jetzt mal. Und das bei Butt, der alle Unterlagen aus dem Krankenhaus in Niedersachsen so überordentlich abgeheftet hat? Der verhinderte Psychologe findet es komisch, dass ein Arzt, der der Meinung ist, dass es sich mit einem leichten Asperger Syndrom eigentlich gut leben ließe, wenn die Umwelt nur ein Fünkchen Verständnis aufbringe, nicht aktiv wird, wenn eben diese Patientin bis ans Ende aller Zeiten in der ‚Kur' verschwindet."

„Nicht ganz richtig, denke ich. Ein Hausarzt ist nicht länger für seine Patientinnen zuständig, wenn die ihn nicht mehr aufsuchen. Er hätte ja davon ausgehen können, dass Frau Butt nach einiger Zeit wieder nach Berlin zurückgekehrt wäre und ab dann einen anderen Hausarzt konsultiert hätte."

„Genau das hat er auch gedacht. Sagt er. Ob ich ihm das glauben will, überlege ich noch. Ich tendiere zu nein. Gefühlsmäßig. Den Doc Mühl hat Butt übrigens per Privatrechnung bezahlt, ohne dass diese zur Erstattung bei Butts Kasse eingereicht wurden oder in Butts Ordners auftauchen. Eine weitere Krankenversicherung hatte das Ehepaar Butt auch nicht. Gut eingefädelt. Marie sollte nach dem Tod ihres Vaters aus Berlin verschwinden und Doc Mühl wollte das nicht merken. Und

Butt wollte nicht, dass der Doc überhaupt ins Spiel kommt. Der wiederum will nun Strafanzeige gegen die Klinik stellen.“

„Was hat die Klinik uns geantwortet?“

„Die haben die Unterlagen in Kopie geschickt, die wir schon bei Butt gefunden haben. Dazu ein Schreiben: Maries damalige Selbsttötung sei bedauerlich gewesen. Nach gründlicher Untersuchung des Vorfalls sei man zu dem Ergebnis gekommen, dass kein Behandlungsfehler vorlag. Das Medikament Nortrilen habe die Patientin wegen ihrer depressiven Schübe bekommen und auch gut vertragen. Ob eine Psychose vorgelegen habe, sei beobachtet worden, Antipsychotika seien noch nicht verabreicht worden. Selbstmord aufgrund einer unbehandelten Psychose sei ausgeschlossen. Man habe den Fall von zwei externen Gutachtern bewerten lassen.“

Henning legt Feldmann zwei Berichte auf den Tisch. „Passt doch alles zusammen. Schmu und Vertuschung soweit das Auge reicht.“

Passt fast zu gut. Feldmann beschleicht immer wieder der Verdacht, dass Maries und Butts Tod zusammenhängen. Sie beschließt dennoch, zunächst keine weiteren Nachforschungen zu Frau Butt anzustellen, aber höchstpersönlich nach Niedersachsen zu fahren, um die Klinikärztinnen zu befragen, wenn sie in Berlin nicht weiterkommt.

„Ja, nicht schlecht kombiniert“, lobt sie für heute ihren Assistenten. „Schauen wir mal, ob alles sich tatsächlich so zugetragen hat.“

Sie ist noch nicht überzeugt. Und was die von Mühl geplante Strafanzeige gegen die Klinik angeht – Feldmann hält es für unnötig, dieses Vorhaben zu kommentieren.

Manns findet es klug, endlich etwas zu unternehmen. Das Ding da oben auf dem Dachboden wird ihm nicht weiter das Leben vermiesen. Ihm nicht. Auch wenn es momentan Ruhe gibt, nämlich genau seit dem Tag, an dem der Butt umgekommen ist, sieht Manns keinen Grund zur Entwarnung. Ruft sich vielmehr die Nächte ins Gedächtnis, in denen das Ding durchs Treppenhaus geisterte. Er wachte auf, weil er zur Toilette musste. Oder wachte er auf, weil er unterbewusst etwas wahrgenommen hatte? Gespürt hatte, dass irgendetwas nicht stimmte? Wenn irgendetwas, das es nicht geben darf, nachts durchs Haus schleicht... das spürt man. Sogar im Schlaf.

Manns war stets aufgestanden, im Halbschlaf ins Badezimmer getaumelt, hinter der Wand liegt der Hausflur. Manns war jetzt einigermaßen bei sich, schloss, am Waschbecken stehend, für einen Moment die Augen, um noch genauer hören zu können. Hinter der Wand das leise Knarren der Holztreppe, ohne Zweifel, irgendetwas schlich da umher.

Manns brach der Schweiß aus, nie hatte er sich selbst alberner gefunden, kläglicher, er bräuchte doch nur ebenso leise zur Wohnungstür zu schleichen, diese zu öffnen, so vorsichtig, wie man eine Bombe entschärft. Er bräuchte nur die Flurbeleuchtung einzuschalten und schon hätte der Spuk ein Ende gehabt.

Manns tat es nie. Ließ das Wesen sein, versuchte stattdessen, sich auf die Entleerung seiner Blase zu konzentrieren, dabei nicht mehr hinter die Wand zu horchen, und kehrte dann ins Bett zurück.

Lag er dort. Es ging eine schneidende Kälte durch ihn hindurch. Er brauchte lange, um wieder einzuschlafen, musste sich vorher vergegenwärtigen, dass ihn keine Schuld traf. Und jetzt?

Seit dem Butt-Tod ist es die ganze Nacht still. Manns wacht dennoch auf, geht ins Bad und horcht. Nichts. Doch erleichtert ist er deshalb noch lange nicht. Im Gegenteil. Wenn das Wesen den Butt auf dem Gewissen hat, wird es nun nachsinnen, wie und wann es sich den Nächsten holt. Manns schüttelt sich, ruft sich zur Ordnung. Er ist kein achtjähriger Junge mehr, der am Vorabend heimlich einen Horrorfilm im Fernsehen angeschaut hat.

Er ist ein erwachsener Mann, der endlich etwas unternehmen wird. Man scheint ihm seine Nervosität bereits anzumerken. Letzte Woche fragte seine Frau, ob alles in Ordnung mit ihm wäre. Und ob der Tod des Butts irgendetwas mit „der damaligen Angelegenheit bei dir im Büro" zu tun haben könnte. Manns wusste gleich, dass sie auf die Steuererklärung anspielte. Was sollte der Tod des Butts damit zu tun haben? Was? Manns war ärgerlich geworden, seine Frau machte sogleich einen Rückzieher. Nein, natürlich gäbe es da keinen Zusammenhang, das sähe sie ein.

Manns reichte es. Gleich am Montag hatte er eine Firma für Sicherheitsschlösser beauftragt. Zwei Techniker sind soeben dabei, einen ganz modernen Zylinder in Manns Wohnungstür einzubauen.

„Sehr vernünftig, wo die Wohnungseinbrüche geradezu explodieren", verkündet einer der Handwerker, und schaltet die Bohrmaschine ein.

Wohnungseinbrüche können explodieren? Manns hofft, dass der Kerl, augenscheinlich ein Türke, zumindest etwas von seinem Handwerk versteht, wenn schon nicht von der deutschen Sprache. Immerhin, der zweite Handwerker ist ein Deutscher. Kann man heutzutage ja schon dankbar für sein, findet Manns und hofft, dass sein Landsmann ein Auge auf die Arbeit des Kollegen hat. Manns geht in die Küche und gießt sich aus der Thermoskanne eine Tasse Kaffee ein.

„Kann ich Ihnen beiden etwas zu trinken anbieten? Einen Kaffee vielleicht?"

Der Türke bedankt sich, er habe selbst etwas dabei. Sein Kollege murmelt Unverständliches, es klingt, als wolle auch er nichts trinken.

Eine halbe Stunde später sind die beiden fertig, händigen Manns zwei Schlüssel aus. Weitere bekäme er bei Bedarf bei ihnen in der Werkstatt. Manns unterschreibt die Rechnung, gibt dem Deutschen zehn Euro Trinkgeld. „Für Sie beide." Der türkische Handwerker bedankt sich.

Als die Männer weg sind und Manns an seinem neuen Schloss herumspielt, kommt Klein von der Arbeit. Will gerade seine Wohnungstür aufschließen, horcht, reckt den Hals in die Höhe und sieht Manns, zumindest die Manns-Beine. Klein steigt die Treppe hoch.

„Ist was passiert?"

„Noch nicht, und damit auch nichts passiert... hier."

Manns führt seinem Nachbarn das neue Sicherheitsschloss vor.

„Ich denke, du glaubst nicht daran, dass sie... dass jemand den Alten auf dem Gewissen hat?"

„Was hat das Schloss mit meinem Glauben zu tun?", fragt Manns gereizt. Klein denkt einen Moment nach, wie es aussieht ergebnislos. Dann: „Die Marie hat sich umgebracht, weil sie krank war. Wie oft soll ich dir das noch sagen?"

„Was soll das, warum fängst du wieder damit an? Natürlich, weil sie krank war, haben wir doch schon tausend Mal und bis zum Erbrechen durchgekaut." Manns versucht jetzt, versöhnlich zu lächeln. „Unsere Strafe haben wir doch bekommen – und sie wird uns genommen."

„Wieso, hast du schon eine schriftliche Rücknahme der Kündigung? Wir nicht."

„Schau dir die Butt-Tochter an, die ist so ein Gutmensch. Wenn sie nicht von selbst drauf kommt, reden wir mit ihr. Ein bisschen Gequatsche von wegen: Seien Sie bitte sozial und so weiter. Das zieht bei Weibern wie der. Warte mal noch die Trauerfrist ab. Falls die überhaupt trauert."

„Also?"

„Was also? Ich habe mir halt ein neues Schloss einbauen lassen, die Wohnungseinbrüche explodieren geradezu."

Klein findet dieses Bild offenbar recht treffend. Er nickt. Dann: „Wenn oben auf dem Dachboden wirklich irgendwas ist, irgendwas Komisches... dagegen hilft kein Sicherheitsschloss."

„Machst du dich über mich lustig?"

Klein beeilt sich, den Kopf zu schütteln. Und Manns: „Wenn die Marie da oben herumspukt, hätte sie uns beide vermutlich zuerst die Treppe heruntergestoßen." Er versucht ein ironisches Grinsen, heraus kommt eine angstverzerrte Fratze.

„Weißt du denn, was der Alte ihr angetan hat?"

„Wieso angetan? Haben wir ihr was angetan?"

Klein stutzt, sagt dazu aber nichts.

Manns wendet sich wieder seinem neuen Schloss zu und beachtet seinen Nachbarn nicht mehr, bis der für heute einen schönen Feierabend wünscht und wieder die Treppe heruntersteigt.

*

Tobias Schwarz bindet sich die Schuhe zu. Leise, vielleicht hört seine Mutter ihn nicht. Im Wohnzimmer wird der Fernseher angeschaltet, Geplärre ertönt. Tobias lauscht einen Moment. Aha, das zweitliebste Thema momentan, stellt er fest. Keine Flüchtlinge ausnahmsweise, sondern sozial schwache Eingeborenenkinder. Sollen die Alten doch arbeiten gehen. Schon wäre das Problem gelöst. Und man müsste sich dieses Gejammer nicht auch noch im Fernsehen reinziehen.

Tobias Schwarz schaut sich nur „SpongeBob" an. Alles andere ist nicht zu ertragen.

„Gehst du noch weg, Tobi?", kommt es aus dem Wohnzimmer, wie jeden Abend. Tobias kann noch so leise sein, das Gequatsche seiner Mutter bleibt ihm nicht erspart. Fürs Abendessen hat er bereits eine wirksame Strategie entwickelt. Einfach nicht antworten. Weiter kauen, den Kopf senken. Er kann diese Frau sowieso nicht angucken. Wenn keine Antwort kommt, vergeht ihr irgendwann die Lust zu reden. Sie verstummt. Tobias zieht seine Jacke an.

„Wann kommst du wieder?", ertönt es aus dem Wohnzimmer. Er zieht die Etagentür hinter sich ins Schloss.

„Was soll ein Kerl in dem Alter auch abends bei seiner Mutter sitzen?“, tröstet sich Renate Schwarz und schaltet um. Wenn ihr Sohn abends nie ausginge, müsste sie beunruhigt sein. Aber so doch nicht. Vielleicht hat er eine Freundin. Bestimmt hat er eine. Will nicht sagen, dass er momentan wieder bei seiner Mutter wohnt, deshalb die Heimlichtuerei. Verständlich. Renate schaltet noch mal um. Alles nichts. Sie fällt wieder in den ihr zu eigenen Zustand der Entrückung. Über den Bildschirm flimmert eine Dokumentation über Biber, von der die Zuschauerin keine Notiz mehr nimmt.

Vor der Haustür trifft Tobias Vater, Mutter und Tochter Klein, die gerade aus ihrem VW Polo steigen. Herr Klein beäugt Tobias einen Moment, dann geht er auf ihn zu, gibt ihm die Hand.

„Hallo, ’n Abend, Tobias. Wie geht es Ihnen? Schlimme Sache mit dem Butt. Wünscht man niemandem. Haben Sie eigentlich an dem Morgen auch irgendetwas gehört?“

„Nein.“ Tobias sieht zu, dass er wegkommt, bevor dieser Spacko weiter quatscht. Womöglich noch fragt, ob er etwas über das Gespenst auf dem Dachboden wüsste. Scheiß Spießer, sollten sich vielmehr vor sich selbst gruseln.

Herr Klein überspielt seine Irritation, der junge Schwarz, irgendwas stimmt mit dem nicht. Muss man sich fürchten? Ob er etwas mit dem Tod des Butts zu tun hat? Unsinn, die Mutter ist eine solide Frau. Wer weiß, vielleicht ist der Sohn krank, weshalb er momentan auch hier ist... Frau Klein hakt jetzt ihren Gatten unter, von links schmiegt sich die Tochter an; Herr Klein lässt Tobias sein, kurze Verabschiedung, dann dirigiert er Frau und Tochter zur Pizzeria gegenüber. Anne verkündet vorsichtshalber, dass sie pleite sei, aber Bärenhunger habe, ihre Eltern verpflichten sie als Gegenleistung für Pizza, Cola und Eiscreme zum Spüldienst für drei Tage. Tobias blickt der Familie nach, einen Moment wehmütig.

Im Forum Neukölln zieht er sich 50 Euro aus dem Geldautomaten. Mehr gibt's nicht, kichert er gereizt, läuft die Flughafenstraße hoch, biegt in die Erlanger ab, bleibt einen Moment vor dem zugehängten Schaufenster von Samy's Erotik Salon stehen. Betrachtet den Straßendreck, den abgebröselten Putz an der gelben Fassade des Puffs, ohne etwas davon wirklich wahrzunehmen. Er schüttelt sich dennoch, es schüttelt ihn. Er klingelt und tritt ein.

*

Feldmann und Henning sitzen um halb zwölf beim späten Frühstück oder auch frühen Mittagessen im Wirtshaus Hasenheide. In der Präsidiumskantine gibt es heute entweder Leber mit Püree oder Eierkuchen mit Apfelmus. Will kein Mensch. Henning, der sein schulterlanges Haar heute mal offen trägt, ist noch immer Veganer. Was das betrifft scheint er Durchhaltevermögen an den Tag zu legen, stellt Feldmann, die abgesehen von einer wunden Stelle unter der Nase übrigens wieder genesen ist, für sich fest.

„Weil es momentan in ist, Veganer zu sein oder aus Überzeugung?", interessiert sie.

63

„Wahrscheinlich beides", gesteht Henning. Aber er vermisse die Fleischesserei nicht, sonst würde er einen Modetrend wie diesen überspringen.

„Bei uns gibt es auch selten Fleisch, aber dafür häufig Milchprodukte. Vegane Ernährung ist nichts für Kinder, denke ich. Vielleicht irre ich mich. Aber ich möchte kein Risiko eingehen. Außerdem ist bei uns Matthias fürs Kochen zuständig, und der sieht das genauso. Kauft Fleisch lediglich einmal die Woche beim Biobauern."

„Auch Biobauertiere müssen vor ihrer Zeit sterben", weiß Henning, beguckt sich mit unbestimmter Miene ein Stück Blauschimmelkäse auf Feldmanns Teller, beißt dann in eine Scheibe Vollkornbrot mit Kichererbsenpaste. Feldmann beobachtet das einigermaßen gespannt. Sie kennt das Zeug, es ist so pappig und trocken, dass es nicht mal in den Herkunftsländern in Nordafrika heiß geliebt wird. Man hat aber meistens nicht viel anderes zur Auswahl. Verwöhnte Westeuropäer sind schon eine bizarre Kaste.

„Schmeckt Ihnen das?"

Henning ist froh, dass er den Mund voll hat, so muss er nicht antworten. Er vollführt eine Kopfbewegung, die Feldmann nicht deuten kann.

„Na, schön, schaden kann Veganismus Ihnen als erwachsenem Menschen vermutlich nicht, und Umwelt und Tieren schon gar nicht."

Sie blickt ihrem Gegenüber ins Gesicht. Die Antwort ist ein kurzes, keckes Aufblitzen, dann kaut Henning tapfer sein Hummusbrot weiter.

Frisch und knackig wie eine Karotte ist das Bürschchen. Feldmann versteht nie, warum sich ihre verbitterten Kolleginnen und Kollegen ab einem bestimmten Alter so oft auch noch privat zusammentun, mit Sex und

64

allem Drum und Dran, wo sie sich doch eigentlich schon tagsüber im Büro gegenseitig kaum aushalten. Aber so ein Bürschchen zur Erfrischung... das könnte sie nachvollziehen. Passiert aber so gut wie nie. Trauen die Vampirinnen sich nicht? Oder fürchten sie, dass ihnen dadurch der eigene fortschreitende Verfall, innerlich wie äußerlich, zu bewusst würde?

Feldmann weiß darauf keine Antwort. Sie ist seit fast 20 Jahren mit demselben Partner zusammen. Ein Seitensprung mit einem jungen Kerl wäre anregend, hat sie schon dann und wann in den letzten Jahren gedacht, würde aber bei Entdeckung so viel Ärger mit sich bringen, dass sich die Sache im Endeffekt kein bisschen lohnt. Feldmann arbeitet lieber darauf hin, dass ihre Beziehung für immer hält. Es gibt wahrscheinlich nichts Tröstlicheres, als dass beide gleichzeitig verfallen. Sie schätzt ein ruhiges Privatleben ohne Überraschungen und einen Partner, der sich um den Haushalt kümmert, dies gern tut, abgesehen von den paar Tagen im Jahr, an denen er künstlerische Eingebungen hat. Sie schätzt ihren Arbeitsalltag, der aufregend und nicht selten auch aufreibend ist. Bei so vielen Leuten läuft es genau umgekehrt.

„In Berlin habe ich doch noch mal alle übrigen Praxen abtelefoniert. Marie Butt war außer bei Doc Mühl nur noch beim Zahnarzt in Behandlung, der auch sofort bar bezahlt wurde", hört sie Henning berichten und schaltet wieder auf Dienstprogramm um.

„Der Zahnarzt konnte sich an Frau Butt erinnern, hat die Asperger-Diagnose bestätigt. Er sei zwar kein Facharzt für Psychiatrie, aber ein Asperger-Syndrom hätte auch er diagnostiziert. Stillschweigend, für sich. Die Patientin habe unsicher gewirkt, fast ängstlich. Sie erin-

nerte ihn wohl ein wenig an ein Kind, das Angst vor
dem Zahnarzt hat, dennoch allen Mut zusammennimmt
und die Behandlung tapfer über sich ergehen lässt."

„Anders benehme ich mich beim Zahnarzt auch
nicht", gesteht Feldmann. Henning grinst. „Meinen Sie
ich?" Sie lächelt ihn an, aber kumpelhaft. Henning
streicht eine Haarsträhne hinters Ohr.

Und schon wieder sind wir bei Marie Butt gelandet,
denkt Feldmann und fasst zusammen: „Passt zu den
Aussagen der Nachbarinnen. Tenor: Marie war seltsam
aber sympathisch, über sich selbst hat sie nicht gesprochen, Smalltalk war nicht möglich. Den Tag habe sie mit
Hausarbeit und Spaziergängen zugebracht. Man hat sie
beim Fensterputzen und beim Einkaufen gesehen. Dabei, wie sie den Hausmüll trennte, ganz akribisch, unten
an den Containern. Bedrückt hätte sie nicht gewirkt.
Vielmehr scheu."

„Alle einer Meinung?"

„Fast. Nur drei Nachbarn kannten sie so gut wie gar
nicht." Feldmann öffnet im Notebook, das neben ihrem
Teller liegt, eine Datei.

„Hier... Tobias Schwarz, Herr Klein und Herr
Manns wollen Frau Butt so gut wie nie gesehen haben,
von Gesprächen ganz zu schweigen. Nicht ungewöhnlich, manchmal wissen Menschen in Mietshäusern kaum,
wer neben ihnen wohnt. Eher auffällig ist, dass in unserem Fall alle anderen Nachbarinnen ein genaues Bild von
Marie Butt hatten, wo die doch nur ein Jahr im Haus
wohnte und das auch schon eine ganze Weile zurück-
liegt."

„Ihr Gefühl, dass irgendetwas im Haus nicht stimmt,
hat mit Frau Butt zu tun. Sehe ich das richtig?"

66

Feldmann klingelt bei Renate Schwarz. Wird gleich hereingebeten. Ist befangen in der geräumigen Wohnung, die so tipptopp aufgeräumt und eingerichtet ist, als würde hier niemand leben. An der Flurgarderobe hängen drei Trenchcoats kerzengerade hintereinander wie die Soldaten. Der Flurläufer ist aus cremefarbenem Wollmaterial und tadellos sauber. Im Wohnzimmer, in das Feldmann geführt wird, wieder cremefarbener Teppichboden, Edelholzvitrinen gefüllt mit Gläsern und Porzellan, eine Bücherwand bis zur Decke, am Fenster ein klassischer Sekretär.

Sie und Renate Schwarz nehmen auf der Leinensitzgarnitur Platz. Auf der getönten Glasplatte des Couchtischs liegt kein Stäubchen. Selbst das Strohblumengesteck in einer Tonvase hinterlässt nicht die kleinste Spur auf dem Tisch. Renate Schwarz möchte der Kommissarin einen Kaffee kochen, die aber hat für heute bereits genug Koffein intus, bedankt sich. Wie beim letzten Besuch, wo lediglich kurz das Alibi abgeklärt wurde, beschleicht Feldmann dieses undefinierbare Unwohlsein. Ob Frau Schwarz oder die Wohnung dieses Gefühl auslösen, kann sie nicht erkennen. Wahrscheinlich ist es beides zusammen. Mieterin und Wohnung strahlen eine geisterhafte Starre aus. Feldmann fängt sich.

„Entschuldigen Sie, dass ich noch einmal störe. Ich habe eine kurze Nachfrage fürs Protokoll, eher wohl ein Verständigungsproblem, wie mir scheint. Die Nachbarinnen sagen aus, Ihr Sohn würde hier wohnen... ich frage deshalb nach, weil Sie aussagten, er wäre zu Besuch. Habe ich Sie oder die Nachbarinnen falsch verstanden?“

Renate Schwarz überlegt, was die Kommissarin das überhaupt angeht. Und warum sie mit den Nachbarinnen über Tobias spricht. Dass ihr Sohn und sie in der Nacht, als Butt starb, zuhause waren und geschlafen haben, ist längst zu Protokoll gegeben. Warum ist sie oder Tobias Gesprächsthema im Haus? Will man ihr oder ihm etwas anhängen? Warum? Die Nachbarinnen sind zwar eher einfache Leute, nicht gerade hochgebildet, doch bislang kam man miteinander aus. Oder hat Renate die anderen Mieterinnen unterschätzt, neiden die ihr Bildung und einen etwas höheren Lebensstandard?

Die Situation ist ihr plötzlich unangenehm, weil sie nicht weiß, was hinter den Kulissen gespielt wird. Dann beschließt sie aber, sich nichts anmerken zu lassen. Besser ist es, zu antworten. Frau Schwarz möchte mit der Polizei, überhaupt mit Ämtern, nichts zu tun haben, womöglich irgendwelchen Ärger mit denen bekommen. Also erklärt sie der Kommissarin, dass ihr Sohn Tobias vorübergehend hier wohnen würde. Er käme aus dem Ausland, von den Philippinen, wo er eine Zeitlang gelebt hätte.

„Aber das Leben dort war auf Dauer nichts für meinen Sohn.“ Feldmann lächelt verständnisvoll. Schaut in Richtung des Sekretärs. Zu Füßen des Schreibtischs steht eine Gucci-Handtasche, Renates Blick bleibt daran hängen.

„Hat Ihr Sohn Ihnen die mitgebracht?“

Renate nickt, nicht ohne Stolz. Sie habe sich als Mitbringsel eine Handtasche von ihm gewünscht. Sie schweigt einen Augenblick fast dramatisch, fährt dann kokett lächelnd fort: So ein edles Teil habe sie natürlich nicht erwartet.

Der Zierverschluss der Tasche ist zu groß. Feldmann kennt diese Fälschung, die sogar in deutschen Edelboutiquen immer wieder auftaucht. Ob absichtlich ist stets die Frage. Aber das ist nicht Feldmanns Bereich. So lässt sie Renate Schwarz die Illusion, der Sohn habe sich in Unkosten gestürzt für die Mutter.

Jetzt wollte ihr Sohn wieder in Deutschland Fuß fassen, wäre erst mal im Hotel Mama abgestiegen, berichtet Renate gerade. Sie lacht. Ein gekünsteltes Lachen ist das.

„Was macht Ihr Sohn beruflich?"

„Kunstbranche. Aber in Asien hat er einfach nur gelebt. Arbeiten wegen des Geldes braucht er nicht mehr. Wenn ich richtig informiert bin." Noch einmal ein kokettes Lächeln.

„Ich verstehe. Wie lange ist er denn schon wieder in Deutschland?"

„Ein paar Monate", antwortet Renate Schwarz. Nun ist es aber langsam gut mit der Aushorcherei, denkt sie. Zuletzt will irgendwer der Nachbarinnen Tobi etwas anhängen. Renate erschaudert, lässt sich jedoch weiterhin nichts anmerken.

„Wenn Ihr Sohn also schon eine Weile hier im Haus lebt – hatte er vielleicht doch näheren Kontakt zu Martin Butt?"

„Jjjaa", Renate Schwarz weiß nicht so recht, ob sie das überhaupt sagen darf, dann aber sagt sie es: „Ich weiß nicht, ob das wichtig ist, deshalb habe ich es auch neulich gar nicht erwähnt und Tobias wohl auch nicht. Es ging einmal um Anlagegeschäfte. Mein Sohn hat Herrn Butt etwas empfohlen. Ich habe aber keine Ahnung, was genau."

„Ich verstehe. Doch, das ist sehr wichtig. Ihr Sohn hat das nicht erwähnt. Ich würde ihn gern dazu befragen. Ist das jetzt möglich?“

„Er ist nicht zuhause“, sagt Renate und ist darüber ganz froh. So kann sie ihn vorbereiten. Der Polizei von den Geschäften zu erzählen, war womöglich falsch. Anderseits... wenn die Kommissarin von jemand anderes davon erfährt, sieht das nicht gut aus. So, als habe Tobi etwas zu verbergen. Und das hat er ja nicht. Genau, so wird sie ihm das erklären, wenn er fragt, warum sie über ihn und seine Angelegenheiten spricht. Feldmann legt ihre Karte auf den Couchtisch.

„Er möchte mich doch bitte anrufen. Sobald er kann.“

Renate Schwarz wird ihm das gern ausrichten.

*

Auf dem Bürgersteig gegenüber des Hauses Weichselstaße 10 hat sich eine Menschenmenge versammelt. Passantinnen, die vorbeikommen, bleiben ebenfalls stehen, folgen den Blicken der übrigen Schaulustigen hinauf zum Dach des Hauses. Immer wieder geht ein Raunen durch die Menge. Was ist dort oben? Es gibt nichts zu sehen, gar nichts, nur ein ganz gewöhnliches Dach, an dem nicht mal ein Ziegel fehlt. Sieht jemand da irgendetwas Nennenswertes? Kopfschütteln. Niemand weiß, warum man stehen bleibt und zum Dach starrt. Plötzlich und wie auf Kommando löst sich die Menschenmenge wieder auf.

*

Monika erbt das Haus Weichselstraße 10. Ebenso das Grundstück, auf dem die hypothekenfreie Immobilie steht. Monika war darauf vorbereitet gewesen, hatte damit gerechnet, hatte sich davor gefürchtet; schon seit Tagen überlegte sie hin und her, ob sie das Erbe annehmen sollte. Und war zu keinem Ergebnis gekommen. Sie hatte die Angelegenheit vertagt. Vielleicht würde ja doch ihre Tante das Haus bekommen. Dann musste die sich mit ihrem Gewissen auseinandersetzen.

Doch wie sich gestern herausstellte, gehört das Haus ab sofort Monika allein. Die sitzt jetzt grübelnd in der Küche ihrer 2-Zimmer-Wohnung in Kreuzberg. Auf 60 Quadratmetern leben sie und die Mädchen. Es ist eng bei ihnen, irgendwann wird das nicht mehr funktionieren. Und wie soll man im Berlin dieser Tage an eine größere bezahlbare Wohnung kommen? Mit zwei Kindern? Aber ist es gesund für sie, in der Weichselstraße 10 aufzuwachsen?

Monika hat eine ungefähre Vorstellung der Mieterinnen, die ihr Erzeuger stets als anständige, ordnungsliebende, rechtschaffene Leute beschrieb. Nur einer war dem Vater ein Dorn im Auge, homosexuell wäre der, allerdings heimlich, zumindest das. Leider sei Homosexualität aber kein Kündigungsgrund.

In einem Klima von Angst und Biederkeit sollen die Zwillinge groß werden, wo Monika sie um jeden Preis zu Respekt anderen Lebensentwürfen gegenüber und zu Weltoffenheit erziehen will? Nur... was nutzen solche Erziehungsziele, wenn man den Kindern zumutet, in einer zu engen Wohnung zu leben?

Sie könnte das Haus in der Weichselstraße verkaufen. Sicher, und dabei an Käuferinnen geraten, die damit spekulieren würden. Nein, das möchte Monika keinesfalls riskieren, das hätten die Mieterinnen nicht verdient, Spießerinnen hin oder her.

Auf der anderen Seite... was würde es der Marie noch nutzen, wenn Monika das Erbe ausschlüge? Monika schämt sich sofort für diesen Gedanken, denn eigentlich geht es doch um etwas anderes. Sie hätte damals eingreifen müssen, als ihr Vater seine Frau abschob.

Hätte sie? Gingen sie die damaligen wechselnden Liebschaften ihres Vaters etwas an? Sie verbrachte nicht eine Stunde mit dieser Marie, konnte deren Zustand überhaupt nicht einschätzen. Wie hätte sie ihrem Vater vorschreiben dürfen, was mit seiner Frau geschehen sollte?

Würde das Haus jetzt in Maries Familie bleiben, würde Monika keinen Gedanken mehr an die Frau verschwenden, die sie so gut wie gar nicht kannte und für die sie sich auch nicht interessiert hatte. Alles, was mit ihrem Erzeuger zusammenhing, war ihr von jeher unangenehm gewesen. Sie wollte diesen Mann nicht in ihrem Leben haben, seinen Anhang ebenso wenig. Sollten sich doch seine Frauen mit seinem Egoismus und seiner Verantwortungslosigkeit herumschlagen, die waren schließlich erwachsen und frei, zu gehen. Marie auch?

Das war nicht Monikas Problem gewesen, sie hatte ihre eigenen Sorgen. Jetzt lacht sie bitter auf. Was für ein Hohn, dass ihr Vater dank seiner widerlichen Art an ein Haus gekommen war, das nun der Tochter gehörte, die als Kind mit der Mutter, die zu stolz war, zum Amt zu gehen, parterre Hinterhof in eineinhalb Zimmern gewohnt hatte. Unterhalt war ja höchstens hin und wieder aus Versehen gezahlt worden.

Monika steht auf und bereitet sich eine Kanne Ingwertee zu. Für den Rest des Nachmittags wird sie am Küchentisch sitzen, Ingwertee trinken, über die Erbschaft nachdenken und zu keinem Entschluss kommen. Um fünf wird sie ihre Mädchen vom Orff-Musikunterricht abholen, dann mit den beiden bis zum Abend beschäftigt sein und erst gegen Morgen, schlaflos im Bett liegend, entscheiden, das Haus anzunehmen, es nicht zu verkaufen und den Mieterinnen die bestmöglichen Konditionen einzuräumen. Irgendwann wird sie mit den Mädchen in die große Wohnung des Vaters ziehen. Sie sollen Toleranz lernen. Auch Spießbürgerinnen gegenüber. Aber das hat noch Zeit.

Am nächsten Morgen, noch vor der Schule, fährt Monika in die Weichselstraße 10 und pinnt einen Aushang ans schwarze Brett neben der Eingangstür.

„Liebe Bewohnerinnen und Bewohner, ich bin jetzt Ihre Vermieterin und werde mir erlauben, Donnerstag zwischen 10 und 12 Uhr bei Ihnen zu klingeln, um Ihre jeweilige Mietsituation mit Ihnen zu besprechen.
Ihre Monika Butt“

Bevor es Donnerstag ist, klingelt Frau Alt bei Manns. Wird dort in die Küche gebeten, wo Frau Manns gerade bei einer Tasse Kaffee den neuen „stern“ durchblätterte.
„Habt ihr den Aushang von Butts Tochter schon gelesen?“

Hat Frau Manns. Sie legt die Illustrierte beiseite. Und ist sich nicht sicher, ob man das Butt-Mädchen überhaupt über die Eigenbedarfskündigung oder im Fall Alt über die Mieterhöhung informieren sollte.

„Mein Gedanke. Deshalb bin ich hier. Vielleicht weiß sie davon gar nichts."

Frau Manns geht ins Wohnzimmer, um eine Tasse für ihre Nachbarin zu holen. Das Geschirr steht neuerdings dort in einer Vitrine. Der kleine Gang verschafft ihr ein wenig Zeit zum Nachdenken. Auf krumme Touren hat sie nämlich keine Lust. Als sie zurückkommt verkündet sie deshalb:

„Der Butt wird irgendwo eine Kopie gebunkert haben, auf jeden Fall aber die Postquittung. Bei uns kam der Schrieb per Einschreiben mit Rückschein. Seine Tochter weiß sicher Bescheid."

„Die Mieterhöhung kam auch per Einschreiben, aber wenn Butt keine Kopie des Schreibens aufgehoben hatte, kann die Quittung viel bedeuten. Wir müssen uns jetzt genau absprechen. Was hat er uns per Einschreiben geschickt? Die letzte Nebenkostenabrechnung?"

Frau Manns geht abermals ins Wohnzimmer, holt einen Ordner aus dem Schrank und stellt fest, dass die Nebenkostenabrechnung zum Glück drei Wochen vorher kam. Sie hat nicht die geringste Lust, sich auf Helga Alts Spielchen einzulassen.

„Und wenn wir uns mit allen im Haus absprechen, dass die Nebenkostenabrechnung am 31. März kam? Das wäre noch genau in der Frist", schlägt die Alt vor, als Frau Manns wieder in der Küche steht.

„Aber die anderen haben ihre Abrechnung womöglich nicht per Einschreiben bekommen. Das fällt dem Butt Mädchen auf, die ist doch nicht blöd."

74

Frau Alt nickt nachdenklich. Dann: „Aber wir sind blöd. Mauscheln hier herum! Lachhaft! Wenn die kleine Butt die Kündigung aufrecht erhalten will, ich bitte dich, das lassen wir uns doch nicht bieten! Du hast sie doch gesehen, so eine Alternative oder Linke ist sie, oder beides. Das würde die sich doch umgekehrt auch nicht bieten lassen. Und sich hier sofort mit den Mieterinnen anzulegen... Das riskiert die nicht!“

„Warum nicht?“

Darauf weiß Frau Alt allerdings keine Antwort. Lässt aber von ihrer Idee, die Zusendungen vom Butt umzudatieren, ab. Was wiederum in Frau Manns Sinne ist. Sie hätte da eh nicht mitgespielt. Ihr Mann und sie begehen kein Unrecht. Aus Prinzip nicht.

Donnerstagvormittag besucht Monika wie angekündigt alle Mieterinnen im Haus Weichselstraße 10. Zuerst klingelt sie bei Hausmeisterin Müller im ersten Stock. Frau Müller redet ungern um den heißen Brei herum. Sie bittet Monika an den Küchentisch, weist ihr einen Platz zu, schenkt ihr eine Tasse Kaffee ein, holt die Blechbüchse aus dem Schrank, legt Mürbeplätzchen auf einen Teller, den sie Monika hinstellt. Die lässt alles geschehen, beobachtet die Frau beim Herumhantieren. Wie alt mag sie sein? Ende 50? Monika denkt an ihre Mutter, die lange tot ist, aber auch so resolut war, die Tochter allein großzog.

Frau Müller spricht Monika ihr Beileid aus, dann kommt sie zur Sache. Die Mieterhöhung. Sie habe eine kleine Rente, zahle zwar wegen ihrer Hausmeisterinnendienste sowieso weniger Kaltmiete, gut, das ja, aber die 40 Euro im Monat, die sie nun mehr zahlen soll, würden ihr weh tun.

Monika korrigiert das Alter der Frau in Gedanken nach oben, wird später im Mietvertrag nachschauen. Jetzt aber beeilt sie sich zu erklären, dass sie die Erhöhung der Kaltmiete sowieso zurücknehmen wollte, deshalb sei sie gekommen. Auf eine leichte Erhöhung der Nebenkostenvorauszahlung müsse sie aber bestehen.

„Könnten Sie denn zehn Euro mehr im Monat verkraften, Frau Müller? Die Nebenkostenabrechnung am Ende des Jahres fällt dafür milder aus."

Frau Müller sieht das ein, mit zehn Euro mehr kann sie leben.

„Und meinen Posten als Hausmeisterin kann ich behalten?"

„Aber natürlich, ich freue mich doch, dass sie hier alles so schön in Ordnung halten."

Die Butt-Tochter scheint offenbar gar nicht nach ihrem Vater zu kommen. Frau Müller bedauert jetzt, dass sie den Gast nicht ins Wohnzimmer geführt oder zumindest die teuren Plätzchen, die mit feiner Zartbitterschokolade, aus dem Schrank geholt hat. Um das wieder gut zu machen, schenkt sie der netten neuen Vermieterin noch einmal Kaffee nach.

Frau Schwarz ist ebenfalls sehr zufrieden mit Monika, denn auch bei ihr wird die Erhöhung der Kaltmiete zurückgenommen. Dafür gibt es echten englischen Schwarztee und kleine Pralinés.

Bei Manns und Klein hat Monika außerdem die laufende Eigenbedarfskündigung außer Kraft gesetzt, eine schriftliche Erklärung dazu angekündigt. Frau Klein möchte Monika daraufhin zu einer Tasse Kaffee und einem Stück selbst gebackenen Marmorkuchen einladen. Monika bedauert, dass sie heute noch so viel zu tun habe, die Zeit für Kaffee und Kuchen bei allen Mieterinnen deshalb nicht reichen würde.

„Aber ein anderes Mal sehr gern!“

Frau Klein zeigt Verständnis dafür, und Monika hofft, dass sie auch bei der letzten Mieterin damit durchkommt und heute nicht noch mehr Süßigkeiten essen und vor allem noch mehr Kaffee und Tee trinken soll. Ihr zittern bereits die Hände.

Monika klingelt also noch bei Alt und auch hier nimmt sie die Mieterhöhung zurück. Frau Alt bedankt sich. Sie bietet Monika nichts an, was der sehr entgegen kommt, und erklärt der neuen Vermieterin stattdessen, dass sie sie bereits auf den ersten Blick für eine souveräne, gerechte Person gehalten habe. Ihre Intuition täusche sie so gut wie nie. Und was denn nun eigentlich mit der Wohnung von Monikas verstorbenem Herrn Vater geschehen würde. Frau Alt möchte natürlich keinesfalls neugierig sein, aber wo sie doch direkt darunter wohnt.

„Ich überlege, mit den Zwillingen dort einzuziehen. Sie kennen meine Mädchen?“

„Die beiden entzückenden Püppchen, mit denen Sie Weihnachten mal zu Besuch bei Ihrem verstorbenen Herrn Vater waren?“

Monika lächelt innerlich, denn als entzückend kann man ihre Püppchen nicht häufig bezeichnen. Über den Einzug denke sie noch nach, wolle auch erst mal abwarten, was die Ermittlungen der Polizei an den Tag bringen würden. Frau Alt versucht, ein süßes Lächeln aufzulegen, lügt: „Über ein bisschen Leben im Haus würde ich mich am meisten freuen.“

Als Monika kurz darauf in ihren Renault steigt, stürzt Frau Alt sofort zu Frau Manns. Dann zu Frau

Schwarz. Zum Schluss zu Frau Klein. Die Butt-Tochter wolle mit ihren unerzogenen Gören einziehen. Direkt in die Wohnung über Alt. Was das hieße, und zwar für alle im Haus, könne man sich leicht ausrechnen. Überhaupt sei Monika Butt ihr nicht geheuer. Warum wolle sie auf Mieteinnahmen verzichten? Hat sie Einnahmen aus anderen Geschäftchen? Aus unseriösen Geschäftchen? Häufig sei das so bei den Linken. Frau Alt mutmaßt, dass es auf jeden Fall ungut werden würde mit dieser Person als Vermieterin. Entweder sie selbst mit ihrer Brut ziehe ein – oder aber die Frau würde ihnen Flüchtlinge ins Haus setzen. So eine wäre das, hätte wahrscheinlich Mitleid mit allen und jedem, in Wirklichkeit aber lediglich Selbstmitleid.

Ihr Mann habe nämlich erklärt, fährt Frau Alt fort, dass viele Menschen ihr eigenes Leid, das sie sich nicht herauszuschreien trauten, auf Schwächere, zum Beispiel auf Flüchtlinge projizierten. Übertragung nenne sich das im Fachjargon. Man könne sich auf diese Weise in aller Ruhe selbst bemitleiden, ohne egoistisch zu wirken. In Neukölln würde man sehen, wohin diese verdrehte Angewohnheit führe. Nun solle dieser Unsinn also auch noch in diesem Haus losgehen...

Frau Schwarz entgegnet, die, die mit ihren Kindern aus Kriegsgebieten fliehen müssten, täten ihr leid. Mit Selbstmitleid habe das nichts zu tun bei ihr. Aber dieses Haus sei nicht der richtige Ort für diese Menschen. Sie würden sich nicht wohl fühlen unter Menschen mit mehr Bildung und um das Wohlergehen der Gäste ginge es ja schließlich. Besser aufgehoben wären sie unter denen, die ihren Lebensstandard und ihren Bildungsgrad teilten. Alles andere riefe nur weiteres Leid hervor.

Frau Manns meint, man solle erst mal abwarten, vielleicht kämen ja gar keine Flüchtlinge. Frau Klein gibt zu bedenken, dass nicht alle Flüchtlinge archaische Sitten und Gebräuche pflegen würden. Es gebe auch ganz moderne Leute unter denen, auch die müssten fliehen. Wenn man sicherstellen könnte, dass genau die hier einzögen, hätte sie nichts dagegen.

So? Frau Alt fühlt sich von ihren Nachbarinnen nicht verstanden, gut, von der Schwarz vielleicht, die offenbar begriffen hat, dass Fremde immer Unruhe ins Haus bringen. Aber die Schwarz soll mal ganz ruhig sein, die hat selbst genug auf dem Kerbholz, eine Gewalttäterin ist die. Mit so einer will Frau Alt nicht unbedingt einer Meinung sein. Sie selbst hat Tochter und Sohn immerhin fast ohne Schläge groß gekriegt. Sicher, eine Ohrfeige gab es mal hier und da, doch nur, damit die Kinder ihre Grenzen kennenlernten.

Aber die Schwarz... Nein, mit so einer Frau tut man sich nicht zusammen. Und wenn Frau Alt ehrlich ist, hat sie sich auch schon mal Gedanken darüber gemacht, ob nicht Tobias Schwarz etwas mit dem Tod des Butt zu tun haben könnte. Gestern zum Beispiel... der Junge kam ihr im Hausflur entgegen, blickte zu Boden, wollte sich wortlos an Frau Alt vorbei stehlen, die aber grüßte ihn. Und er? Stammelte Unverständliches. Ganz verstört. Ist aber auch kein Wunder bei dem, was er hinter sich hat. Verwunderlich nur, dass er wieder bei der Mutter wohnt, die ihn doch misshandelt hat.

So, und jetzt ist es kein weiter Weg mehr dahin, jemanden umzubringen, einen Stellvertreter sozusagen. Ungefähr so hat Frau Alt es neulich mit ihrem Mann besprochen, der sich ja sehr für Psychologie interessiert. Auch ihn beschleicht ein ungutes Gefühl, sobald er Tobias im Hausflur trifft. Frau Alt lässt also erst mal die Flüchtlinge sein, es ist zunächst ihre Pflicht, die Kommissarin auf Tobias Schwarz aufmerksam zu machen.

*

Feldmann hat noch keine Idee, wie ihr Assistent sein abgebrochenes Kunst-, Psychologie- und Medizinstudium für sich verbucht hat. Als aufschlussreiches Experiment oder als beschämendes Scheitern? Oder ganz einfach als gelebte Normalität, weil Henning aus einem Elternhaus kommt, in dem genug Geld für die Selbstfindung der Kinder zur Verfügung stand?

Die Kommissarin stammt nicht aus einer solchen Familie. Was die Berufswahl anging, gab es nur eine Chance. Ansonsten war Feldmann für ihren jüngeren Bruder verantwortlich. Bis zu ihrem 16. Lebensjahr hielt sich der Mythos, die Mutter sei früh bei einem Verkehrsunfall ums Leben gekommen. Nach dem Tod des Vaters erfuhr Feldmann die Wahrheit, die da lautete, dass ihre Mutter zwei Koffer gepackt und ein Flugticket gekauft hatte, um in Übersee noch mal neu anzufangen.

Ihre Berufswahl hatte Feldmann nie ernsthaft bereut, möglicherweise war etwas dran am Auswahlparadox. Dass sie ihren Beruf nicht nutzen würde, um ihre Mutter aufzuspüren, wusste sie von Anfang an. Den Behörden war das nach dem Tod des Vaters auch nicht gelungen. Höchstwahrscheinlich war unter anderem eine Namensänderung vorgenommen worden. Auf jeden Fall aber waren von der Mutter sämtliche Vorkehrungen getroffen worden, um so gut wie unauffindbar zu sein. Wer hätte Freude an so einer Wiederbegegnung gehabt?

Gestern, Henning war noch nicht im Büro, klopfte Vorgesetzter Grüner an. Er wollte mal horchen, wie weit man denn im Fall Martin Butt gekommen sei. Bevor die Kommissarin antworten konnte, dass sich noch kein Verdacht verfestigt hätte, vielmehr noch immer Tochter, Schwester und alle Haus-Bewohnerinnen außer einer, die zur Tatzeit im Krankenhaus lag, gleich verdächtig und unverdächtig seien, die unbekannte Begleiterin der Tatnacht nicht gefunden wurde, Feldmann aber so gut wie ausschloss, dass die Mieterinnen sich solidarisch zusammen geschlossen hätten, um ihren Peiniger zu beseitigen, kam Grüner auf das zu sprechen, was ihn offenbar wirklich interessierte. Und das war keineswegs eines dieser Neukölln-Verbrechen. Grüner wollte vielmehr wissen, wie sich Feldmanns neuer Assistent denn so machte.

Die Kommissarin mutmaßte, dass Grüner am Abend ein Treffen mit Jensen Senior bevorstand, vielleicht eine Einladung zum Abendessen im Haus desselben. Also ließ sie Butt und seine potenziellen Mörderinnen auch erst einmal sein und gab ihrem Chef für den Abend mit, dass Henning Jensen ihr eine große Hilfe sei. Als umgänglich und zuverlässig beschrieb sie ihn, außerdem würde er selbstständig und kreativ denken und handeln. Dass Henning das Präsidium jeden Morgen durch ein geschmackvolles Outfit und ein wohlriechendes Aftershave in einen etwas angenehmeren Ort verwandelte, unterschlug Feldmann, denn Jensen Senior wusste das sicher ohnehin. Und Grüner schien auch ohnedies mit Feldmanns Auskunft vollauf zufrieden zu sein; er kam gar nicht mehr auf den Fall Butt zu sprechen, sondern verließ das Büro der Kommissarin sogleich. Dabei lächelte er geradezu selig vor sich hin.

Feldmann stellte sich vor, wie ihr Vorgesetzter nun schnurstracks an seinen Schreibtisch eilte, dort nicht gegen den Impuls ankam, seinen Kumpel, den Strafverteidiger Jensen mal schnell anzurufen, um ihm jetzt schon mitzuteilen, dass es für dessen Sohn doch noch Hoffnung gab. Wie herzlich dürfte nach so einer Nachricht heute Abend der Empfang sein. Das Ehepaar Jensen würde eines der besten Fläschchen aus dem Weinkeller auf den Tisch stellen. Und so weiter. Grüner hat übrigens keine Kinder. Ob er das begrüßt oder bedauert – dazu äußerte er sich bislang noch nie.

Jetzt ist es Mittag, Feldmann ist nicht halb so zufrieden wie Grüner, denn sie plagt das Gefühl, auf der Stelle zu treten. So klickt sie sich zum wiederholten Mal durch ihre Notizen. Bei Schwarz, Renate und Tobias, hält sie an, auch schon zum wiederholten Mal, heute aber greift sie nach ihrem Smartphone, spielt eine Weile mit den Apps herum, denkt dabei nach und kommt dann, nach Bio-Wetterbericht und Verkehrsnachrichten aus Nord Neukölln zu dem Schluss, Henning etwas zuzutrauen. Ihre gestrige Lobeshymne auf ihn war schließlich nicht übertrieben. Sie wird ihn zum Sonderkandidaten Tobias Schwarz schicken, der sich noch immer nicht gemeldet hat.

„Sind Sie in Neukölln, Henning?... Schön, dann fahren Sie bitte rüber in die Weichsel 10... ah so, noch besser, dann klingeln Sie bei Schwarz. Tobias Schwarz soll doch Geschäfte mit Butt gemacht haben. Er ist uns dazu noch immer eine Erklärung schuldig. Worum genau ging es, wer war noch beteiligt. Wie viel Kontakt hatten die beiden wann und wo?... Nein... Natürlich weiß ich, dass

Sie von selbst darauf gekommen wären, das zu fragen... Pardon!“

Feldmann legt auf. Na, Bürschchen, mal schauen, ob du aus dem was rauskriegst. Sie schaltet ihr Handy aus und geht in die Kantine, um zu Mittag zu essen.

Als Feldmann eine halbe Stunde später ins Büro zurückkehrt, ist auch Henning eingetroffen. Heute mit Pferdeschwanz und Panto-Sonnenbrille, die momentan lässig im Ausschnitt des weißen Hemds baumelt. Ob er schon gegessen habe, lautet Feldmanns erste Frage an ihn, da er ein wenig mitgenommen ausschaut. Nein, gegessen hat er noch nicht.

„Die Kantine können Sie heute mal wieder getrost vergessen.“

„Aha“, macht Henning eisig; sein Magen knurrt so sehr, dass er im Moment alles essen würde, selbst wenn es nicht vegan wäre. Aber vorher noch der Bericht aus der Weichselstraße. So lange kann er sich gerade noch zusammenreißen.

„Tobias war nicht zuhause, aber er lässt uns durch Mutter Schwarz ausrichten, dass er dem Butt ein Anlageprodukt, das er selbst auch nutzen würde, vorgeschlagen hätte, der aber ablehnte, da er nicht so viel Geld, wie dafür erforderlich wäre, anlegen wollte.“

„Tobias Schwarz ist also tatsächlich vermögend.“

Henning erkennt nicht, ob Ironie in dieser Feststellung liegt. Da es hier aber gar keinen Grund für Ironie gibt oder er zu hungrig ist, einen Grund auszumachen, antwortet er kühl: „Laut seiner Mutter soll er über ein ‚kleines finanzielles Polster‘ verfügen. Ich spekuliere: Es klang, als hätte er Kohle. Mutter Schwarz berichtete, er wäre eine Zeit lang auf dem Kunstmarkt als Vermittler tätig gewesen. Seltsam, dass er sich keine eigene Wohnung kauft oder mietet, oder?“

„Ja“, bestätigt Feldmann, was Henning zu dem Versuch anspornt, noch einen kleinen Hit zu landen, bevor es endlich in die Kantine gehen wird. Er erläutert seiner Vorgesetzten eine Auslegung der Angelegenheit, die er gerade auf dem Weg ins Büro mental erarbeitet hat:

„Nach allem, was wir wissen, oder besser, nach allem, was im Haus geredet wird, scheint Frau Schwarz mit der Erziehung ihrer Söhne überfordert gewesen zu sein, richtig?“

„Die Jungen sollen laut Nachbarinnen Opfer von Gewalt gewesen sein, ja, was uns zu der Frage bringt, warum Tobias zu seiner Mutter zurückkehrt? Noch dazu, wo er finanziell offenbar nicht so schlecht dasteht?“

„Was umgekehrt auch kein Grund wäre, in dem Alter wieder bei der Mutter einzuziehen, wenn ich Sie berichtigen darf.“

Henning wartet einen kurzen Augenblick. Seine Vorgesetzte beschwert sich nicht über seine Besserwisserei, sondern nickt bestätigend, also fährt er fort zu erklären, dass Menschen, in deren Entwicklung etwas schiefgelaufen wäre, genau an dem Punkt stehenbleiben könnten.

„Natürlich agieren diese Menschen dann nicht in sämtlichen Lebensbereichen wie Kinder oder Teenager, aber eben sehr häufig in einem oder mehreren emotionalen Bereichen. In unserem Fall könnte es sein, dass Tobias meint, seine Mami wäre ihm noch etwas schuldig, was er sich nun über Kost und Logis holt. Muss natürlich nicht so sein. Vielleicht gibt es ganz andere Gründe. Aber... selbst wenn Mami ihm noch etwas schuldet, wird er dadurch nicht verdächtiger. Tobias Schwarz weist aufgrund seiner Vorgeschichte keine höhere Disposition auf, zum Mörder zu werden, und ist damit genau so verdächtig oder unverdächtig wie seine Nachbarinnen.“

„Ah...“ Feldmann ist beeindruckt. Freut sich, dass sie Henning etwas zugetraut hat. Sie möchte Tobias trotzdem sprechen. Wie Henning denn mit Renate Schwarz verblieben wäre.

„Wir würden uns bei Bedarf noch mal melden.“

„Sehr gut. Dieses Mal ich oder wir beide zusammen?“

„Zusammen“, entscheidet Henning selbstbewusst. „Morgen früh gleich um neun. Und jetzt gehe ich erst mal essen.“

Eine Stunde später klopft es zaghaft an Feldmanns Bürotür.

„Ja, bitte!“, ruft Henning, der aus der Kantine zurück ist, wo er ein paar belegte Brötchen, ausnahmsweise mit Käse, weil es nichts anderes mehr gab, in sich hinein geschlungen hat. Als niemand eintritt, wiederholt Henning seine Aufforderung, jetzt lauter. Für heute hat er die Regie übernommen. Feldmann überlegt, ob Jensen Senior seinen Sohn gestern gelobt haben könnte, was diesen wiederum anspornt, noch einen Gang höher zu schalten.

Und da geht die Tür auf, herein huscht wie eine Maus Frau Alt. Betont schüchtern. Sie wolle nicht stören. Und Henning: „Sie stören nicht. Was können wir für Sie tun?“

Frau Alt muss etwas loswerden. Ohne jemanden anschwärzen zu wollen. Feldmann und Henning spitzen die Ohren. Frau Alt spricht leise, setzt sich vorher noch vorsichtig auf die Kante des Stuhls, den Henning ihr hingestellt hat. Sie pflückt ein paar Flusen von ihrem flaschengrünen Cordsamtkostüm, und da sie die nicht auf den Fußboden segeln lassen will, behält sie sie in der Hand.

Schnell aber scheint sie ihr schüchternes Getue satt zu haben. Sie nimmt den Stuhl jetzt ganz ein, macht es sich bequem, streckt ihre mageren Beine, die in hautfarbenen Nylonstrümpfen stecken, aus. Sie wisse nicht so recht, wie sie anfangen solle, beginnt sie, scheint aber doch einen ungefähren diesbezüglichen Plan zu haben. Feldmann und Henning warten schweigend. Und da: „Ich sage es ungern... aber der Tobias Schwarz ist mir nicht geheuer. Irgendetwas stimmt mit dem nicht. Neulich...“

„Seit wann ist er Ihnen nicht mehr geheuer?“, versucht Feldmann Struktur in die Sache zu bringen.

„Ach... was soll ich sagen... seit er wieder bei seiner Mutter wohnt. Er ist undurchsichtig. Verstört. Und das hat zugenommen, seit der Butt tot ist. Neulich kam mir der Tobias im Treppenhaus entgegen, er schaute zu Boden, ganz starr. Als ich grüßte, hat er nur etwas Unverständliches gemurmelt.“

„Und gibt es eine Begebenheit, die Sie beunruhigt hat?“, fragt Henning lakonisch. Frau Alt errötet, verfällt erneut in Schüchternheit. Ihre Stimme wird leise und zaghaft. „Nein... entschuldigen Sie, jetzt habe ich Sie von der Arbeit abgehalten, nicht wahr?“

Kommissarin und Assistent spielen mit. Schütteln synchron die Köpfe. Feldmann gibt Henning ein Zeichen. Der erklärt Frau Alt daraufhin, dass jeder Hinweis wertvoll wäre, was Frau Alt erneut motiviert.

„Ich sage es so, wie es ist: Ich habe ein ganz ungutes Gefühl bei dem Tobias. Warum ist der überhaupt wieder bei seiner Mutter? Irgendwas stimmt doch mit dem

86

nicht. Können Sie da nicht den medizinischen Dienst, oder wie das heißt, hinschicken? Oder sonst jemanden, der auf dem Gebiet kompetent ist? Nicht, dass ich Ihnen beiden nichts zutraue, aber... Ich sage es ganz ehrlich, auch wenn Sie es möglicherweise übertrieben finden: Ich habe Angst vor dem Jungen. Mein Mann hat auch ein ungutes Gefühl. Und dann ist der Herr Butt plötzlich tot."

Feldmann entgegnet, dass nach dem, was im Haus passiert wäre, Ängste ganz normal seien. Und dennoch dürfe man sich jetzt nicht verleiten lassen, einen Nachbarn zu verdächtigen, nur weil er sich vielleicht nicht so benehme, wie man es von anderen gewöhnt sei.

„Wir werden Ihren Hinweis aber auf jeden Fall ernst nehmen, darauf können Sie sich verlassen."

Dann wolle sie die beiden auch nicht länger aufhalten. Frau Alt, jetzt wieder recht beherzt, steht auf, in der linken Hand noch immer die Samtflusen, und verabschiedet sich. Als die Tür hinter ihr zu ist, bemerkt Henning: „Warum tun sich unterdrückte Menschen so selten zusammen, um sich gemeinsam von ihren Unterdrückern zu befreien?"

Feldmann lächelt. Dann aber: „Vorsicht mit voreiligen Schlüssen."

„Aber eine nachbarschaftliche Solidaritätstat können wir hier mittlerweile ausschließen, oder?"

Und Feldmann: „Vielleicht ist unsere Frau Alt auch ganz besonders raffiniert. Wissen wir´s schon?"

*

Es ist dunkel. Anne hat kein Licht angeschaltet. So, wie sie es selbst immer wieder gefordert hatte. Bloß nicht die große Lampe anschalten. Immer nur die Taschenlampe mit dem schwachen Lichtstrahl benutzen. Leise gehen. Schleichen. Ein Geist sein, ein Hauch, mehr nicht. Und wenn jemand kommen sollte, ganz still sein. Nicht bewegen. Anne lässt einen Moment die Dunkelheit auf sich wirken, spürt die Matratze unter sich, die durchgelegen ist. Die Kohle für eine neue hatten sie gerade zusammengesammelt. Nachts gegen drei Uhr, wenn im Haus alles schläft, hätte sie die hochgetragen. Doch jetzt wartet die Gruppe erst einmal ab, was passiert. Ob sie zurückkommt.

Anne streckt sich auf der alten Matratze aus. Es muss gruselig gewesen sein, hier oben die Nächte zu verbringen. Aber eine andere Möglichkeit gab es ja nicht. Die Matratze riecht noch nach ihr, stellt Anne fest, nach ihrem geliebten Patschuliöl, das sie immer reichlich auftrug. Das Treppenhaus roch morgens um sieben, wenn Anne zur Schule aufbrach, manchmal auch noch nach Patschuli. Auch an dem Morgen, als der Butt tot da lag. Aufgefallen ist es niemandem. Diese Kommissarin hätte es vielleicht bemerkt, wenn sie nicht so verschnupft gewesen wäre an dem Morgen.

Da plötzlich fährt Anne aus ihren Gedanken hoch. Vorne im Kohlenverhau raschelt und knackt es. Anne erstarrt.

„Bist du es?", flüstert sie nach ein paar Schreckminuten. Keine Antwort. Das kann doch gar nicht sein. Unmöglich. In Annes Kopf beginnt es zu klopfen. Was ist das? Was soll sie jetzt tun? Irgendetwas nähert sich. Anne überkommt ein ungutes Gefühl.

„Hallo?", flüstert sie mit dünner Stimme in die Dunkelheit. Stille. Aber irgendetwas hat sich in Annes Nähe niedergelassen, das spürt sie. Nein, das kann nicht sein. Hier oben ist niemand mehr.

„Bist du da?", fragt Anne dennoch beherzt. Stille. Dann ein Rauschen.

„Bist du es?"

Plötzlich beginnt Regen aufs Dach zu prasseln.

„Bist du es?" Jetzt lauter. Anne spürt, dass ihr gleich schwindelig wird. Sie versucht, ganz ruhig zu bleiben, einen klaren Gedanken zu fassen. Das gelingt nicht. Irgendetwas sitzt neben ihr. Ganz leise. Lauernd? Am besten weg hier, ruft die innere Stimme und Anne gehorcht. Zitternd richtet sie sich auf, der Schwindel setzt ein, vorsichtig arbeitet sie sich in Richtung Tür vor. Tastet sich an der Wand entlang; als sie am Kohlenverhau vorbeikommt, fasst sie zur Orientierung über das raue, unbehandelte Holz. Bleibt im nächsten Moment beinahe an dem Verschlussriegel hängen. Das Metall fühlt sich überraschend kalt an auf der Haut.

Anne gerät in Panik, fängt an zu laufen, stößt sich das Schienbein am Basteltisch, läuft weiter, zum Ausgang, irgendetwas ist neben ihr, will sie zurückhalten. Keuchend reißt sie die Tür auf, steht im Hausflur, macht Licht. Nichts ist hinter ihr her. Der Dachboden liegt ganz ruhig da. Anne legt sich auf den Fußboden, Beine hoch. Langsam kommt sie wieder zu sich. Doch sie zittert noch immer.

Vor ihr auf der Treppe steht etwas, was vorhin noch nicht da war, abgedeckt mit einem Suppenteller. Anne zögert einen Moment, hebt dann den Teller an, schaut nach, was darunter ist. Zwei Scheiben Brot, belegt mit Camembert, eine Tomate und einige Riegel Schokolade kommen zum Vorschein. Was hat das zu bedeuten? Anne kann sich das nicht erklären, deckt die Mahlzeit wieder zu. Nach einigem Zögern schleicht sie die Treppe hinunter nach Hause. Für diesen Abend ist es mit ihrer Ruhe dahin, wie so oft in den letzten Tagen.

*

Seit dem Tod Butts träumte Heinrich Alt immer wieder von einer längst vergangenen Begegnung zwischen ihnen beiden: Er, abends, wartend in der Grünanlage an der Thomasstraße. Es ist fast dunkel. Aber noch hell genug, um sich durch Blicke und Gesten verständigen zu können. Alt hält Ausschau, es ist wenig los an dem Abend. Wie immer sonntags. Wer eine Familie hat, kann an diesem Tag nicht mal eben abhauen, wer keine hat, will seine Einsamkeit nicht öffentlich zur Schau stellen und bleibt ebenfalls zuhause.

Alt hat Familie, aber die Kinder sind längst aus dem Haus und seine Frau ist an diesem Wochenende zu Besuch bei ihrer Schwester Eva in Braunschweig. Vater hat Ausgang.

Da taucht ein junger Mann auf, um die 20, schätzt Alt. Wahrscheinlich will er Geld dafür. Sei es drum. Ohne Geld geht seit einigen Jahren kaum mehr was. Alt hat drei Zehn-Euro-Scheine in der Tasche, die bietet er dem jungen Mann an, der ist einverstanden und stellt sich knapp als Jean vor. Als Alt mit Jean, der sich unvorsichtigerweise bei ihm eingehakt hat, in Richtung Tempelhofer Feld strebt, kommt ihnen der Butt entgegen. Der Butt mit zwei seiner Saufkumpanen. Alt will ausweichen, zu spät, der Butt hat ihn gesehen, wirft einen hoch irritierten Blick auf den Jungen in engen Jeans und bauchfreiem Top. Butt scheint die Lage blitzschnell durchschaut zu haben, grüßt Alt nicht, nicht vor seinem Gefolge, dem man dann erklären müsste, warum man solchen Typen eine Wohnung vermietet. An dieser Stelle wacht Alt immer schweißgebadet auf. Wie es weiterging, träumt er nie.

Von diesem Abend an strafte ihn der Butt im Treppenhaus mit Blicken voller Häme und Abscheu. Erwiderte Alts Gruß nie wieder. Das ist ein Jahr her.

Alt überlegte seither häufig, seine Frau einzuweihen, ihr alles zu erzählen, wirklich alles. Auch diese Begegnung mit dem Butt nicht zu verschweigen. Vielleicht wusste sie es längst, der Butt hatte es womöglich irgendeiner der Nachbarinnen gesteckt, und dann verbreitet sich so eine Information ja in Windeseile. Aber seine Frau und die Nachbarinnen verhielten sich ihm gegenüber ganz wie immer, wie Alt jeden Tag aufs Neue feststellte. Und mit Manns und Klein verband ihn nach wie vor die herzliche Kameradschaft, die ihm so viel bedeutet. Nein, niemand wusste etwas. Jetzt ist der Butt nicht mehr da. Und er kommt auch nicht mehr wieder. Alt ist froh, dass er seiner Frau nichts erzählt hat. Alles wäre dadurch kaputtgegangen.
Alt tut es natürlich dennoch leid, dass der Butt so früh gestorben ist, wie er sich selbst immer wieder versichert. Gewünscht hatte er es ihm nicht, trotz allem. Und was den Traum angeht – der wird irgendwann auch nicht mehr wiederkehren.

*

Frau Kahane versteht nicht, warum das Wesen sich sein Abendessen nicht mehr holt seit jenem Tag, als der Butt zu Tode kam. Zunächst dachte sie, das Wesen sei nicht mehr da, aber das entlarvte sie als verrückten Gedanken: Wo sollte es denn sein? Es gehörte doch in dieses Haus.

Letzte Woche schließlich hatte sie es wieder gehört. Leiser als früher huschte es über ihr auf dem Dachboden umher. Ganz leise, sie musste sich sehr anstrengen, hört ja sowieso nicht mehr so gut. Es klang, als würde sich etwas oder jemand über ihr bewegen und dabei kaum den Boden berühren. Plötzlich ein Poltern, dann wieder Stille.

Den Abendbrotteller stellt Frau Kahane nach wie vor abends vor den Zugang zum Dachboden, aber das Wesen rührt ihn nicht mehr an, jeden Morgen um halb sechs holt Frau Kahane die unberührte Mahlzeit wieder herein. Hat sie sich verhört? Ist das Wesen tatsächlich an einen anderen Ort umgezogen, wo auch immer der sein mag? Ja, möglicherweise ist es in der Lage, woanders weiter zu existieren, auch wenn das Frau Kahane nicht gefällt. Oder bildet sie sich das Gehusche nur noch ein, aus Gewohnheit sozusagen?

Vorgestern beschloss sie, bei Frau Klein zu klingeln. Die Klein unterhält sich gern, ist recht vernünftig; man kann mit ihr manch ein Problem besprechen. Sie hätte wieder Geräusche oben auf dem Dachboden gehört, bekannte Frau Kahane. Ob das sein könnte?

Frau Klein gestand, dass sie ebenfalls wieder gehört hätte, dass etwas durchs Haus geschlichen wäre, neulich, mitten in der Nacht, als sie wegen ihrer Migräne aufgewacht und ins Bad gegangen sei, um eine Tablette zu schlucken. Ihr Mann aber hätte nichts gehört, er wäre mit wach geworden, sie hätte ihn zweimal auf das Geräusch hingewiesen, er wäre allerdings der Meinung gewesen, dass sie sich das Geräusch einbilden würde. Vielleicht wegen der Migräne, die ja dafür bekannt sei, unter anderem Sinnestäuschungen hervorzurufen. Ob denn nicht endlich Schluss sein könnte mit dem Unsinn? Es gäbe keine Gespenster, nicht in diesem Haus und auch nicht sonst wo, und erledigt.

Frau Kahane nickte, verabschiedete sich von Frau Klein und war froh, dass das Gehusche auf dem Dachboden keine Einbildung war. Oder besser: keine Einbildung von ihr allein. Im Treppenhaus traf sie Anne, die gerade aus der Schule kam. Sie sprach das Mädchen an, fragte, ob sie das Wesen ebenfalls gehört hätte in den letzten Tagen, es sei offenbar wieder da. Anne starrte Frau Kahane erschrocken an, die bekam sofort ein schlechtes Gewissen. Wie konnte sie das Kind nur so ängstigen?

„Es wird sich alles klären!", versicherte sie Anne rasch, die vor Aufregung ganz rote Bäckchen bekommen hatte. "Mach dir keine Sorgen, falls auf dem Dachboden wirklich etwas ist, wird es uns nicht feindlich gesinnt sein. Dessen bin ich mir sicher."

Mit diesen Worten verabschiedete sie sich. Anne stand auf der Treppe und schaute der alten Frau nach. Bevor sie die elterliche Wohnung betrat, wartete sie, bis die Hitze aus ihrem Gesicht gewichen war.

Den Teller belegter Brote stellt Frau Kahane am nächsten Abend wieder an den gewohnten Platz. Sicherheitshalber. Falls das Wesen zurückgekehrt ist. Sie will gerade zurück in ihre Wohnung, da kommt ihr ein Gedanke. Sie zögert. Aber warum eigentlich nicht? Hält sie das, was da oben umherschleicht denn etwa auch für gefährlich?

Nein. Frau Kahane hat keine Angst, schon gar nicht vor etwas, das sich verstecken muss. Aus ihrer Küchenschublade holt sie rasch den Schlüssel für den Dachboden, findet auch die Taschenlampe im Werkzeugfach; während sie wieder zum Dachboden hinauf steigt schießen ihr Gedankenfragmente durch den Kopf, sie sieht sich zum ersten Mal ganz bewusst mit der Erkenntnis konfrontiert, dass das, was sich da oben versteckt, möglicherweise kein menschliches Wesen ist. Dass es sich aber um Annemaries Geist handeln könnte, wie im Haus gemunkelt wird, möchte Frau Kahane nach wie vor für unwahrscheinlich halten. Was immer da oben ist, es hat Angst. Wäre es böse und gefährlich, hätte es nicht nur den Butt getötet.

Frau Kahane schließt die Tür zum Dachboden auf und betätigt den Lichtschalter. Die 60-Watt-Glühbirne über dem Basteltisch flackert, dann wird es im vorderen Teil des Dachbodens hell. Dahinter liegt alles in Dunkelheit. Frau Kahane bleibt einen Moment stehen. Hinter dem Balken hört sie ein leises Rascheln. Ihr Herz klopft laut, aber regelmäßig. Das wilde Klopfen ist seit ihrem Besuch im Krankenhaus nicht mehr aufgetreten, selbst jetzt nicht. Umso besser.

Frau Kahane schaltet die Taschenlampe an und bewegt sich langsam und leise in den hinteren Teil des Dachbodens, den Lichtstrahl immer vor sich auf den Boden gerichtet. Es raschelt und tappt irgendwo. Ihr Herz klopft noch lauter, bleibt aber regelmäßig.

Da saust ein Schatten durch den Schein der Taschenlampe, Frau Kahane schreit auf, kommt so schnell nicht hinterher, sieht aber, wie etwas durch die Zwischenräume der Bretter, die den alten Kohleverhau einzäunen, schlüpft. Dann ist es ganz still.

Frau Kahane will es jetzt wissen; sie fühlt sich plötzlich mutig wie selten zuvor, holt tief Luft, lässt dann entschlossen den Schein der Lampe in den Verhau wandern.

„Och...“ Der kleine Kerl sitzt ganz steif da, schaut sie mit funkelnden Augen an, dann dreht er sich flink um und rast durch eine Lücke im Bretterverhau in die Dunkelheit. Frau Kahane zittert noch ein bisschen, aber lächelt auch schon. Kann dieses Waschbärchen ihr Wesen sein? Kann ein Tier zwei Teller ordentlich ineinander stellen? Frau Kahane bezweifelt das. Unmöglich kann ein Waschbär das.

Es ist wieder still. Das Tier sitzt wahrscheinlich verängstigt in irgendeinem Winkel und wartet ab. Frau Kahane denkt kurz nach, beschließt, erst einmal niemandem vom Bärchen zu erzählen. Entwarnung wäre die falsche Taktik. Das kann keinesfalls das Wesen sein, da ist sie sich plötzlich sicher. Sie löscht das Licht, sperrt die Tür zu und kehrt in ihre Wohnung zurück. Den abgedeckten Butterbrotteller stellt sie auch weiterhin am späten Abend vor den Dachbodenzugang und weiß noch nicht, dass er nie wieder angerührt wird.

*

Auf die Haustürklingel reagieren weder Mutter noch Sohn Schwarz. Henning, der heute sein Haar wieder zu einem Dutt frisiert hat und, wie für einen Abenteuerausflug, Khakihosen mit Seitentaschen, dazu derbe Halbschuhe trägt, klingelt daraufhin bei Hausmeisterin Müller. Die bedient sogleich den Haustüröffner, als habe sie schon auf ihren Einsatz gewartet. Im Flur zeigt sie sich dann aber nicht.

Henning und Feldmann steigen in den zweiten Stock hinauf; im ersten Stock lächelt Henning freundlich gegen die Müllerin-Wohnungstür und winkt, da er davon ausgeht, dass die Hausmeisterin durch den Spion schaut.

Oben klingeln sie erneut bei Schwarz. Henning legt das Ohr an die Tür, Feldmann zieht ihn grinsend am anderen Ohr zurück. Schritte, Socken auf Holzfußboden. Dann Stille.

„Ja?“ Tobias Schwarz klingt gestört.

„Feldmann und Jensen, Polizei. Entschuldigen Sie die Störung. Nur ein paar Fragen an Sie, Herr Schwarz!“

Wieder Stille, dann geht die Tür auf. Tobias Schwarz steht in Boxershorts, T-Shirt und Socken da.

„Dürfen wir kurz hereinkommen?“

„Was...wieso...ja.“ Tobias schaut die beiden an wie ein trotziges Kind. Dann dreht er sich um, geht den Flur entlang, betritt ein Zimmer, ohne Kommissarin und Assistent noch zu beachten. Feldmann und Henning bleiben im Flur stehen, Tobias taucht nicht wieder auf, also versucht Feldmann es vorsichtig noch einmal: „Herr Schwarz?“

„Ja...“

„Dürfen wir Ihnen folgen?“

Keine Antwort. Die beiden warten wieder einen Moment, dann folgen sie Tobias unaufgefordert. Bevor sie sein Zimmer betreten, klopfen sie an die geöffnete Tür. Tobias sitzt auf einem zerwühlten Bett, um ihn herum auf dem Laminatboden liegen verstreut Jeans, Socken und ein zerlegter Comic. Die Jalousie ist heruntergelassen. Durch einen Spalt dringen vereinzelt Sonnenstrahlen ins Zimmer, die Streifen von Staub aufflimmern lassen. Im Fernsehen läuft „SpongeBob“.

„Herr Schwarz, entschuldigen Sie die Störung. Eine kurze Frage: Haben Sie Herrn Butt näher gekannt?“

Tobias schüttelt den Kopf, während er fernsieht.

„Ihre Mutter sagte, sie hätten gelegentlich Geschäfte mit ihm gemacht? Worum ging es da?“

Tobias murmelt etwas vor sich hin.

„Bitte?“ Feldmann wird es von Minute zu Minute unbehaglicher zu Mute. In einem noch stärkeren Maße als bei den Zusammentreffen mit Frau Schwarz.

„I hab ihm Fond...“

„Bitte?“

„Ich habe ihm Investmentfonds empfohlen“, wiederholt Tobias betont artikuliert ohne vom Fernsehbildschirm aufzusehen. „Er hatte aber kein Interesse.“

„Handeln Sie damit?“

„Was? Nein, warum sollte ich damit handeln?“ Seine Stimme schlägt ins Schrille um. Henning greift ein, fragt ruhig: „Wie kam es denn dazu, dass Sie Herrn Butt Finanzprodukte empfohlen haben. Was ging dieser Empfehlung voraus? Die Bitte von Herrn Butt, ihm etwas zu empfehlen?“

„Wie? ...was weiß ich... meine Mutter hat ihm wohl erzählt, ich hätte Kohle.“ Tobias lässt ein hohes, überreiztes Lachen erklingen.

„Und daraufhin hat Herr Butt Sie angesprochen?“

„Pffff..." Tobias denkt nach, beschließt dann aber, noch einmal zu antworten.

„Ja, der Typ hat mich unten auf der Straße angequatscht. Ob ich eine gute Möglichkeit wüsste, Geld zu parken. Ich habe ihm Investmentfonds empfohlen, er hatte aber kein Interesse daran. Das war's." Tobias stellt den Fernseher lauter. Feldmann und Henning warten einen Moment, es kommt nichts mehr, also verabschieden sie sich von Tobias, der nicht antwortet, und gehen. Im Treppenhaus sind beide schweigsam, kauen und mahlen mental an dem eben Erlebten herum.

„Was denken Sie?", fragt Henning, als sie unten vor dem Haus stehen.

„Ist das nicht Ihr Fach?"

Nach kurzem Zögern erläutert er: „Ich habe mein Psychologiestudium abgebrochen. Und zwar hauptsächlich aus Angst vor Szenen wie dieser gerade eben. Aus der Bestürzung eine wissenschaftliche Erklärung basteln... Oder aber gar nicht mehr bestürzt sein, weil man so etwas wie gerade als Fachmann kalt wissenschaftlich zu betrachten hat. Der Reiz, den gestörte Menschen auf viele meiner Kolleginnen ausüben... das hat mich gegruselt. Nein, das ist nicht mein Fach."

Feldmann hat verstanden.

„Hinweise, dass Butt irgendwelche Finanzgeschäfte getätigt hatte, gibt es keine", beantwortet sie also Hennings erste Frage doch noch. „Weder auf seinem PC noch in seinen Unterlagen haben wir etwas gefunden. Sieht aus, als wäre es so, wie Tobias Schwarz eben sagte. Mutter und Sohn Schwarz bräuchten Hilfe, aber das ist eine andere Abteilung."

„Mein Fach ist das auch nicht mehr", beteuert Henning noch einmal mit Nachdruck.

Es ist 20 Uhr, Herr und Frau Manns sitzen in ihrem Wohnzimmer, das frisch renoviert ist. Das Ehepaar hatte die Raufasertapete neu streichen lassen, in einem frischen Lindgrün, das Frau Manns Meinung nach gut zu ihren Polstermöbeln in gedecktem Beige passt. Außerdem wurde helles Laminat verlegt, der Teppichboden war abgetreten, kein Wunder nach 14 Jahren.

Jetzt fühlen die beiden sich wieder rundum wohl. Eine neue Vitrine mit ganz fein getönten Glastüren hatten sie sich auch noch geleistet. Eine ähnliche war Frau Manns bei der Schwarz aufgefallen, die sie zwar nicht leiden kann, in deren Wohnung sie aber dennoch hin und wieder gebeten wird, zum Beispiel, wenn Frau Schwarz, die fast immer zuhause ist, ein Päckchen für Manns angenommen hat. Frau Schwarz bittet Frau Manns dann herein und führt sie in ihr Wohnzimmer. Ob sie sich einen Moment setzen möchte?

Nein, Frau Manns möchte sich hier nicht setzen, Frau Schwarz ist ihr unangenehm, und wenn sie dazu noch dieses Wohnzimmer sieht, gibt es ihr jedes Mal einen Stich. Sie redet sich also höflich damit heraus, dass sie keine Zeit hätte, sich zu setzen, nimmt ihr Päckchen unter den Arm, bedankt sich noch einmal für die Annahme desselben, und ärgert sich auf dem Weg in ihre Wohnung, dass es bei der Schwarz wesentlich schicker aussieht als bei ihr. Aber jetzt steht bei Manns auch so eine Vitrine, Frau Manns hat ebenfalls dekorative Gläser und Geschirr hineingestellt. Und zudem haben sie und ihr Mann sich im Rahmen der Wohnzimmerverschönerung auch noch einen Fernsehapparat mit Plasmabildschirm geleistet, wo bei Frau Schwarz immer noch so ein altes Röhrengerät steht.

Als alles fertig eingerichtet war, hatte Frau Manns Frau Schwarz unter einem Vorwand in ihr Wohnzimmer gelockt, nämlich behauptet, sie hätte unten vor dem Haus mehrere Wäschestücke gefunden, die offenbar von irgendeinem Balkon-Wäschespind auf die Straße geweht worden wären. Frau Manns hatte vorher ein paar ihrer alten Bettlaken im Wohnzimmer ausgelegt. Die Schwarz war zwar unangenehm, aber ganz sicher nicht so vermessen, zu behaupten, es wären ihre Betttücher.

Und richtig, Renate Schwarz war drauf hereingefallen, so dachte zumindest Frau Manns, als ihre Nachbarin direkt vor der neuen Vitrine stand, diese dann aber ignorierte, sich vielmehr die Wäsche anschaute und ehrlich verkündete, nein, die gehöre ihr nicht. Schließlich ließ die Schwarz doch noch den Blick durch das frisch herausgeputzte Wohnzimmer schweifen, entdeckte den neuen Fernseher, bemerkt, aha, der sei wohl teuer gewesen, na ja, für sie lohne sich so ein Gerät nicht, denn sie würde selten fernsehen, dafür meistens lesen. Mit diesen Worten und ohne die Vitrine zu erwähnen, war sie gegangen, und Frau Manns hatte sich schon wieder geärgert, aber wie! Denn sie besitzt kaum Bücher, liest eben nicht gern, und die Schwarz hielt sich jetzt womöglich für ganz besonders klug, zumindest aber für klüger als ihre Nachbarinnen.

Das ist eine Woche her, Frau Manns hat sich wieder beruhigt, die Schwarz kann ihr gestohlen bleiben. Und der neue Fernseher überträgt gerade die 20-Uhr-Nachrichten ins frisch herausgeputzte Wohnzimmer. Frau Manns findet es furchtbar, dass immer noch so viele Menschen auf der Flucht sind. Sie deutet auf ein

kleines afrikanisches Mädchen, das, soeben von einer
Fähre gerettet, in Italien an Land getragen wird. Frau
Manns hätte nichts dagegen, so ein armes Kind aufzunehmen und großzuziehen, wenn sie zehn Jahre jünger
wäre, gesteht sie ihrem Mann. So einem benachteiligten
Mädchen eine Zukunft zu bieten, das wäre eine wunder-
bare Aufgabe.

Herr Manns brummt zustimmend. Überhaupt, Frau-
en und Kinder könne man gern für eine gewisse Zeit in
Europa aufnehmen, wenn es nach ihm ginge. Männer
aber nicht. Die sollten gefälligst derweil in ihren Ländern
bleiben und für ordentliche Verhältnisse kämpfen, statt
sich hier ins gemachte Nest zu setzen und auch noch die
öffentliche Ordnung durcheinander zu bringen. Und
außerdem passte deren Einstellung zu Frauen nun mal
nicht nach Europa.

Jetzt brummt Frau Manns zustimmend und Herr
Manns schaltet um, denn diese dauernde Berichterstat-
tung über Flüchtlinge wird ihm manchmal einfach zu
viel und ändern kann man es hier vom Sessel aus ja sowieso nicht. Er schaltet durch die Kanäle.

„Kannst du dich entscheiden, Hänschen?“

„Bitte? Ach so... ja. Das hier?“ Er ist bereits seit Tagen nicht ganz bei der Sache. Die beiden einigen sich auf
eine Dokumentation über die schönsten Strände von
Tunesien. Hänschen Manns blickt seine Frau von der
Seite an. Dann: „Und wenn ich einen Fehler gemacht
hätte? Würdest du weiter zu mir halten, Bienchen?“

Frau Manns ist erschrocken.

„Was für einen Fehler? Ist was mit den Kindern?“

„Den Kindern geht es prächtig, so prächtig, dass die
Gabi seit zwei Wochen nicht mehr angerufen hat, wie
wir gestern bereits festgestellt haben.“

Richtig. Frau Manns atmet auf. Gabi ist ihr ein und alles, Gabi, deren Mann Gerhard und der kleine Moritz. Ein vernünftiger, treusorgender Kerl ist Gerhard. Ist nicht selbstverständlich für diese Generation. Und Moritz kommt ganz nach den beiden. Ein braver, ausgezeichnet erzogener Junge, der seinen Eltern keine Sorgen bereiten wird, wenn er in ein paar Wochen in die Schule kommt. Frau Manns freut sich schon auf den ersten Schultag. Die Schultüte und deren Befüllung wird ihr Zuständigkeitsbereich sein. Sie wird aber nicht so viele Süßigkeiten kaufen, dafür lieber ein paar dieser kleinen Büchlein über Technik und fremde Länder...

„Nein, um Gabi geht es nicht. Es ist eine ziemlich blöde Sache passiert. Ist schon etwas her, aber ich habe mir das nie verziehen", platzt Herr Manns in ihre Planung. Frau Manns beschleicht plötzlich ein ungutes Gefühl. Unfug. Auf ihren Mann kann sie sich verlassen, er ist so einer wie der Gerhard, zuverlässig und anständig. Da kann gar nichts großartig Schlimmes passiert sein.

„Also... der Klein... Bienchen, du weißt ja, wie er manchmal ist... mit den Frauen."

„Ja, ja, unser Klein und die Frauen", lacht Frau Manns erleichtert. Na, bitte, nichts Dramatisches.

„Klein hat was mit der Marie gehabt. Damals..."

„Ach, Gott, nein. Die beiden? Die Marie hatte ein Verhältnis? Geht uns ja nichts an... aber wie lange lief das denn? Und der Butt hat nichts gewusst? Hat er nichts gewusst? Sag mal... hat der Klein was mit dem Tod vom Butt zu tun?"

Frau Manns ist jetzt doch aufgeregt, die Strände von Nordafrika interessieren sie überhaupt nicht mehr, sie schaltet den Fernseher aus. „Nun lass dir doch nicht jedes Wort einzeln aus der Nase ziehen!"

„Nein, mit dem Tod vom Butt hat das nichts zu tun. Und... ich habe auch was mit ihr gehabt... mit der Marie... na, nicht direkt, ich meine...“

Frau Manns versteinert. Da fehlen ihr die Worte. Mit allem möglichen hatte sie gerechnet, aber damit nicht. Sie stiert ihren Mann an.

„Einmal ist das halt passiert. Wir haben beide was mit ihr gehabt, oben, auf dem Dachboden. Also, ich nicht so direkt... “

Frau Manns ist noch immer fassungslos, findet aber die Sprache wieder. „Wie... nicht direkt?“

„Ich weiß, dass es ein Riesenfehler war. Die Marie wollte eine Kiste mit ausrangiertem Geschirr oben auf dem Dachboden abstellen, Klein hat sie im Treppenhaus getroffen und ihr beim Tragen geholfen. Ich war gerade an der Werkbank beschäftigt, als die Zwei hochkamen. Die Marie war so kokett an dem Nachmittag, da haben wir zwei blöden Kerle eben angebissen.“

Die Marie war nie kokett, denkt Frau Manns. Nicht mal im Ansatz war die kokett.

„Und dann?“, fragt sie atemlos.

„Dann hat Klein … na, du weißt schon... war ein Riesenfehler, das ist mir klar.“

„Und du auch?“

Herr Manns nickt und schüttelt gleichzeitig den Kopf.

„Warum erzählst du mir das überhaupt?“, fährt Frau Manns ihn an. Sie steht auf, ist außer sich, stürzt aus dem schönen lindgrünen Wohnzimmer.

Draußen versucht sie, sich zu beruhigen. Tigert in der Küche auf und ab. Die Marie war nicht kokett. Kein bisschen kokett war die. Und was bedeutet das jetzt? Dass Hans ein Vergewaltiger ist? Frau Manns erschaudert. Dreht weiter ihre Runden vom Spülbecken zum Fenster. Immer hin und her. Starrt raus auf die Straße. Gegenüber schließt der Kiosk. Die türkische Eigentümerin trägt zu modisch geschnittener Jeans und Hemdbluse wie üblich ein Kopftuch. Die Kundschaft hat sich daran gewöhnt. Die Kioskbesitzerin ist aufgeschlossen und fröhlich. Trotz Kopftuch. Da endlich fällt Frau Manns etwas ein. Die Marie war anders als andere Frauen. Die hat gar nicht richtig mitgekriegt, was da passiert ist, hat nicht so viel gespürt wie normale Frauen. Außerdem ist Hans kein brutaler Kerl... Also ist er einer, der fremdgeht? Frau Manns läuft weiter in der Küche auf und ab wie ein verstörter Zirkustiger. Ihr Hans ein Fremdgänger? In 36 Ehejahren hat sie nichts bemerkt. Weil sie naiv ist?

Im Wohnzimmer ist es ganz ruhig. Sie bleibt stehen und lauscht in die Stille. Das kann doch alles nicht wahr sein. Das ist alles nicht wahr! Zumindest nicht so, wie Frau Manns es verstanden hat. Nein. Und noch mal nein. Und dann tut Hans ihr plötzlich leid. Sie kennt ihn doch seit 40 Jahren, weiß, dass ihm so etwas nie einfallen würde. Nicht im Traum. Nein, sie ist nicht naiv, irgendetwas musste vorgefallen sein, dass ihr Hans so reagierte.

Und da endlich kriegt sie die Szene zusammen: Die Marie wird doch provoziert haben. Wie soll es sonst gewesen sein? Und dass Marie nicht kokett oder provozierend wirkte, wenn sie Frauen im Treppenhaus traf, ist doch völlig klar. Aber natürlich. Frau Manns fällt ein Stein von Herzen. Und manchmal hat sie wirklich eine lange Leitung.

„Bienchen, bitte, ich musste es endlich loswerden!", ruft ihr Mann gerade aus dem Wohnzimmer. Frau Manns kehrt zu ihm zurück, setzt sich aufs Sofa. Aber

104

noch etwas steif. Hans will nach ihrer Hand greifen, aber soweit ist Frau Manns noch nicht. Sie legt beide Hände in den Schoß.

„Und jetzt? Welche Konsequenzen wird das für dich haben, rein rechtlich? Und der Butt...“

„Ist tot“, antwortet Herr Manns lakonisch.

„Hans?“ Frau Manns Stimme wird flehend. Der Boden wankt. Sie möchte die Zeit zurückdrehen, nur eine halbe Stunde; wenn die Vorsehung ihr einmal im Leben die Gelegenheit einräumen würde, die Zeit um eine halbe Stunde zurückzudrehen und zu löschen, dann würde Frau Manns die letzte halbe Stunde wählen.

„Um Gottes Willen, Bienchen. Mit dem Tod von Butt haben wir nichts zu tun. Die Sache mit der Marie war vorher längst geklärt. Fair geklärt. Natürlich haben wir uns dem Butt gestellt, ihm versichert, dass es uns unendlich leid tut, dass Marie, ich sage mal... dass sie so forsch war an diesem Tag... dass sie uns so zuckersüße Avancen gemacht hat. Aber wie wir dem Butt versichert haben: Natürlich waren auch wir schuldig, Klein und ich. Wir waren mindestens so schuldig wie Marie. Wenn nicht schuldiger. Wir hätten nicht auf ihr Werben eingehen dürfen, wir wussten doch genau, dass Marie krank war. Sie hätte sich nackt ausziehen können vor uns und wir hätten uns sofort umdrehen und weggehen müssen...“

„Genug jetzt! Sei still!“ Frau Manns wird es von Minute zu Minute unwohler. Sie hat Marie vor Augen, die scheue Marie, die es am liebsten hatte, wenn man sie in Ruhe ließ. Frau Manns versucht, das Bild der kleinen, zierlichen Nachbarin zu verscheuchen. Fragt ihren Mann, wie der Butt mit ihnen verblieben war, damals. Hat Angst vor der Antwort. Möchte außerdem wissen, ob die Wohnungskündigung etwas mit der Sache zu tun habe. Herr Manns will nun alles klären. Fast alles.

„Die Marie wird dem Butt ihren Seitensprung auch gestanden haben, tippe ich", legt er los. „Und der Butt hat damals Klein und mir gegenüber genau so vernünftig reagiert, wie ich ein Jahr davor ihm gegenüber vernünftig reagiert habe. Du weißt ja, damals im Amt, als ich seinen Irrtum in der Steuererklärung bemerkt habe."

Die Steuererklärung. Frau Manns schüttelt sich. Sie hatte bereits damals ein ungutes Gefühl dabei.

„Und die Kündigung?", ruft sie rasch. Erst mal weg mit der Steuererklärung.

„Der Butt wollte halt teurer vermieten, wie so viele in Neukölln, also waren Kleins und wir dran. Wegen der Marie, sicher, irgendwen musste es treffen, also uns. Liegt ja nahe, oder?"

Ja, das liegt nahe. Aber die Steuererklärung... Frau Manns fragt sich ja sowieso, ob die irgendetwas mit dem Tod des Butts zu tun haben könnte, oder besser: ob man ihrem Mann deshalb jetzt im Nachhinein noch an den Kragen kann. Sechs Jahre ist das her, das Jahr, in dem Gabi heiratete. Frau Manns war damals gar nicht begeistert gewesen, dass Hans dem Butt einen Steuerbetrug durchgehen ließ, und zwar einen dicken für ihr Empfinden, oder: einen Steuerirrtum, wie ihr Mann es nannte. Eine Bagatelle sei es, hatte Hans sie verbessert. Eine Winzigkeit, die in keinem andern Land als in Deutschland verfolgt werden würde. Aber wenn man das jetzt ganz aufrollte, würden den ehrlichen Steuerzahlerinnen mehr Kosten entstehen, als wenn man hier ein Auge zudrückte. Frau Manns wird es plötzlich siedend heiß.

„Wann war das genau?", fragt sie. „Wann ist das mit euch und Marie passiert?" Sie ist jetzt bereit für die gan-

106

ze Wahrheit. Manns möchte das Thema beenden. Was spiele das Datum für eine Rolle? Die Frau war krank, sie konnte nichts dafür und deshalb hätten Klein und er ihr auch sofort verziehen.

„Wann?" Dieses Mal ist Frau Manns' Stimme hart und kalt. Herr Manns hat begriffen. Er tut, als würde er nachdenken, als wäre es schwer, sich zu erinnern, dann nennt er das genaue Datum. Oder besser: fast das genaue Datum, er rechnet einen Tag dazu. Warum, weiß er nicht, oder er weiß es doch: Er findet, dass es seltsam aussieht, könnte er sich an das genaue Datum erinnern. Einen Moment Stille.

„Vier Tage nachdem der alte Kupfer gestorben ist, habt ihr und Marie also...?"

Frau Manns kann es nicht aussprechen. Herr Manns zuckt die Schultern. Er hat das Sterbedatum vom alten Kupfer nicht im Kopf. Aber wenn seine Frau das sagt, kann man sich darauf verlassen. Sie merkt sich alle Geburtstage, Hochzeiten und Todestage. Frau Manns fröstelt. Sie hat einen grauenhaften Verdacht. Aber sie schweigt. Sie möchte diese letzte Wahrheit nicht bestätigt wissen.

„War das alles, was du mir sagen wolltest?", fragt sie stattdessen.

„Das war alles", versichert ihr Hans. Was er seiner Frau verschweigt, ist, dass es für sein Geständnis einen Grund gibt.

Kommissarin Feldmann war vor zwei Tagen bei ihm im Finanzamt. Legte ihm ein Bild auf den Schreibtisch, ausgesprochen gekonnt gezeichnet, Manns und Kleins Gesichter sind eindeutig identifizierbar. Die Zeichnung zeigt beide Männer mit gefesselten Händen auf dem

Weg zu zwei Galgen. Marie ist laut Signatur die Künstlerin. In der niedersächsischen Privatklinik hat man Feldmann das Bild letzte Woche ausgehändigt, neben ein paar weiteren, auf denen Klein und Manns auf einem Floß im Meer treiben, durch die Wüste laufen, von einem Bus überrollt auf der Straße liegen und so weiter.

Maries damaliger behandelnder Arzt, Chefarzt Doktor Pick, hätte diese Bilder seinerzeit eingehend analysiert, seinen Verdacht auf eine Psychose darauf gestützt. So mutmaßte der neue Chefarzt und Klinikleiter. Dann waren die Bilder in einem Ordner verschwunden, der wiederum war in einem Aktenschrank im Lagerraum abgelegt worden.

„Warum tauchte das nicht in der offiziellen Akte von Frau Butt auf?", fragte Feldmann mehr als erbost. „Und warum haben Sie vorletzte Woche meinen Assistenten nicht über die Bilder informiert? Eigentlich hätte mein heutiger Besuch gar nicht mehr nötig sein müssen. Und nun zaubern sie mal eben wichtiges Material aus dem Hut? Ich hätte gute Lust, Sie wegen Unterschlagung..."

„Bitte, bitte, der Reihe nach", fiel der Klinikleiter ihr ins Wort. Eine damalige geringfügige Unachtsamkeit von Doktor Pick, vermutete er. So etwas wäre bedauerlich, ja natürlich, zugegebenermaßen, könnte aber vorkommen. Wo Menschen arbeiteten, passierten Fehler. Man habe die Bilder erst letzte Woche durch Zufall während einer Inventur gefunden. Und wollte sie selbstverständlich in den nächsten Tagen nach Berlin an Herrn Jensen schicken. Eine absichtliche Unterschlagung durch Dr. Pick könnte man aber keinesfalls bestätigen. Aus welchem Grund hätten die Bilder denn auch verschwinden sollen? „Und darüber hinaus: Überlegen Sie mal, Frau Feldmann, was würden Sie denn tun, wenn Sie etwas für immer aus dem Verkehr ziehen wollten? Sie würden es vernichten und nicht verstecken, meine ich."

Feldmann nickte zustimmend. Der Mann sagte es. Und zu gern hätte sie von diesem Pick im Rahmen einer offiziellen Aussage gehört, dass er die Bilder eben nicht vernichten konnte, denn was sollte er dann hervorzaubern, wenn Frau Butt die Klinik hätte verlassen wollen?

Aber Feldmann kam viel zu spät. Pick war vor zwei Jahren zuhause im Ehebett an einem Hirnschlag gestorben. Ungefähr drei Stunden, nachdem Marie aus dem Fenster sprang.

Feldmann war mit den Bildern und Neuigkeiten zu Maries Hausarzt Mühl gefahren. Der war erschüttert, konnte sich aber nicht erklären, warum Frau Butt diese Bilder gemalt hatte. Und zwar glaubwürdig.

Feldmann hatte danach Manns und Klein aufgesucht. Die beiden gestanden, dass sie vor fünf Jahren auf die Annäherungsversuche einer kranken Frau eingegangen wären, obwohl sie das natürlich nicht hätten tun dürfen. Jetzt wollten die beiden ihren unverzeihlichen Fehler nicht länger verschweigen. Sie hätten sich lange genug gequält. Und nein, Zeuginnen gäbe es nicht, das Ganze habe sich auf dem Dachboden abgespielt.

*

Den Tatbestand der Vergewaltigung hat Feldmann an die entsprechende Stelle weitergeleitet. Die Kommissarin verhört Manns und Klein erneut im Fall Butt. Musste Martin Butt sterben, weil er endlich bezüglich der Vergewaltigung seiner Frau auspacken wollte? Oder war der Tropfen, der das Fass zum Überlaufen brachte, die Wohnungskündigung?

Manns und Klein haben sich zwei Anwälte zu Hilfe geholt. Diese widersprechen. Geradezu lächerlich seien Feldmanns Verdächtigungen. Als ob man jemanden wegen einer Kündigung oder wegen unhaltbarer Vorwürfe umbringen würde! Es habe sich um keine Vergewaltigung gehandelt. „Unsere Mandanten haben sich im moralischen Sinne nicht richtig verhalten, aber keinesfalls strafbar gemacht."

Aus diesem Grund hätte es auch nichts auszupacken gegeben von Seiten Martin Butt. Die drei Herren hätten sich damals vernünftig ausgesprochen, und damit wäre die Angelegenheit erledigt gewesen, da Martin Butt ja um die Erkrankung seiner Frau wusste. Wäre seine Frau erstens gesund gewesen und zweitens von zwei Nachbarn vergewaltigt worden, hätte er dies, wie jeder Ehemann, unverzüglich zur Anzeige gebracht. Manns und Klein haben Alibis für die Nacht, in der Butt starb. Feldmann muss sie gehen lassen.

„Ich kotz gleich", vermeldet Henning, als die Herren draußen sind, und steckt sich im Affekt eine Papierserviette in den Ausschnitt seines frischen Oberhemds.

„Das bringt unser Beruf manchmal mit sich", bestätigt Feldmann. Ja, und deshalb ist dieser Beruf auch wahrscheinlich nicht das Richtige für mich, erkennt Henning.

Die Kollegin, die im Fall der Vergewaltigung weiter ermittelt, wird alle Nachbarinnen zu dem Vorfall auf dem Dachboden befragen. Das kann aber noch dauern. Klein hält die Angelegenheit vor Frau und Tochter bislang geheim. Er hofft, dass die Ermittlungen vor der Befragung eingestellt werden.

Manns findet es geschickter, seiner Frau alles zu gestehen. Er kennt seine Biene. Sie hat die Angewohnheit, aus jeder Mücke, die man ihr vorenthält, einen Elefanten zu machen.

*

Niemand aus der Gruppe weiß, wo Hamed jetzt ist. Man hat bereits Nachforschungen angestellt, sich mit vernetzten Gruppen ausgetauscht. Jedes Mal mit dem Risiko, an einen der V-Leute zu geraten, von denen die Berliner Antifa unterwandert ist oder besser: aus denen sich die Berliner Antifa mittlerweile regelrecht zusammensetzt.

Anne befürchtet, dass auch in ihrer Gruppe jemand spioniert. Eine Person mindestens. Anne befürchtet das jetzt, wo es zu spät ist. Wie dumm muss sie damals gewesen sein, den anderen von Hamed zu erzählen? Sie hätte das Mädchen einfach verstecken sollen, ohne jemandem Bescheid zu geben, wo. Warum hatte ihre Gruppe überhaupt davon erfahren müssen? Um hin und wieder ein bisschen Geld für Kleidung und Fahrkarten dazuzugeben? So ein Blödsinn, Fahrkarten hätte Anne auch von ihrem Taschengeld bezahlen können, und ein

Anorak oder ein Winterpulli ist in Berlin für wenig Geld in jedem Second-Hand-Shop zu haben.

Blöd war Anne gewesen. Blöd und naiv. Sie wusste doch auch nicht, wen die Gruppe wo versteckte. Und wie der Schuppen heißt, für den Hamed Zeitungen austrug oder wahrscheinlich immer noch austrägt, weiß auch niemand. Hamed verriet so etwas doch nicht, niemandem aus der Gruppe. Sie war so vorsichtig gewesen, daran hätte Anne sich ein Beispiel nehmen sollen. Anne telefonierte vorletzte Woche alle Zeitungszustellungsfirmen in Berlin ab. Ohne Erfolg. Natürlich würde Hamed unter falschem Namen irgendwo dort arbeiten.

Und was Butts Unfall angeht: Anne glaubt Hamed nach wie vor. Die Mail war spontan und wahrhaftig. Aber warum ist sie, nachdem sie die Mail geschickt hatte, untergetaucht? Anne hätte mit ihr zur Polizei gehen müssen. Klar sind Bullen zum Kotzen, aber in dem Fall... Zu dieser Kommissarin hätten sie gehen sollen, um alles zu erzählen. Und zwar wirklich alles. Auch das so gut gehütete Geheimnis. Die Kommissarin wäre auf ihrer Seite gewesen, die Mail war doch ein klarer Beweis. Anne hatte sie bereits aus Hameds brüchigem Englisch ins Deutsche übersetzt:

„Der Mann ist über irgendwas gestolpert und gestürzt und lag dann ohnmächtig da. Ich hoffe, er hat sich nicht allzu schwer verletzt und es ist ihm gleich geholfen worden. Ich bin sofort abgehauen, durch den Krach ist ja sicher das ganze Haus aufgewacht. Außerdem hatte er mich gesehen und angesprochen.“

Und jetzt? Anne war damals unsicher gewesen. Auch wegen des Trubels im Haus. Als sie die Mail las, hatte man den Butt gerade weggebracht und die Kommissarin stand noch bei ihnen in der Küche. Keine Stunde später war schon diese Psychologin angerückt. Es war einfach keine Zeit zum Nachdenken geblieben an dem Tag. Erst spät am Abend hatte Anne Hamed gemailt, dass der Butt tot wäre, ihm niemand mehr helfen konnte, sie ihn morgens auf dem Weg zur Schule fand, sie aber natürlich zusammen mit Hamed zur Polizei gehen wollte. Ab dann kein Lebenszeichen mehr von ihr.

Anne fühlt sich dumm und schuldig. Ein riesiger Fehler nach dem anderen war ihr unterlaufen. Aber hätte sie Hamed verschweigen sollen, dass der Butt tot war? Das wäre wie eine Falle gewesen.

Anne versucht es ein weiteres Mal, tippt eine Nachricht in ihr Smartphone. Hamed solle sich doch bitte melden, sie würden gemeinsam zur Polizei gehen. Bei der Gelegenheit könne sie auch endlich Asyl beantragen. Man würde sie nicht zurückschicken, und wenn, dann könnte man immer noch über Verstecke reden. Die Gruppe würde auf jeden Fall helfen. Doch es kommt kein Lebenszeichen mehr von dem Mädchen, so oft Anne auch schreibt.

*

Manns möchte sich der Angelegenheit stellen. Sich damit auseinandersetzen, sich vollkommen auseinandersetzen, damit nichts bleibt, das Schaden anrichten kann. Er weiß, dass es wichtig ist, solche Ereignisse aufzuarbeiten. Versäumt man es, kann sich so ein unverarbeitetes Ereignis noch Jahre später in Form einer psychosomatischen Krankheit zurückmelden.

Also. Was darf als Vergewaltigung bezeichnet werden, was nicht? Manns hat sich zahlreiche Bücher zum Thema besorgt und quergelesen. Manns ist einer, der die Gabe besitzt, kein Buch Seite für Seite lesen zu müssen, um die Kernaussage zu verstehen. Vielmehr greift er kurze Passagen heraus, die er mit großer Aufmerksamkeit liest, blättert weiter, setzt wieder ein, nach Intuition, auf seine Intuition kann er sich nämlich verlassen. Die gelesenen Passagen kombiniert er geschickt miteinander, so entsteht das Ganze. Sieben Titel zum Thema Vergewaltigung arbeitete Manns innerhalb einer Woche auf diese Weise durch. Es ging um Vergewaltigung im Krieg, in der Ehe, auf der Straße bei Nacht.

Interessant fand Manns, dass auch die Frage thematisiert wurde, in wie weit die Opfer mitschuldig waren, somit, wie Manns kombinierte, gar nicht nur Opfer, sondern auch Täterinnen waren. Er fand gerade diesen Aspekt sehr wichtig. Denn: Würde ein gesunder Mann Sex mit einer Frau haben wollen, die ihm nicht die geringste Bereitschaft signalisierte? Kaum.

Zwei Titel über Männer, die Vergewaltigung als Mittel sahen, sich Lust zu verschaffen, hatte Manns zwar auch gekauft, aber nach wenigen Seiten wieder weggelegt. Mit den klassischen Fällen von Vergewaltigung hatte das ja nicht im Geringsten zu tun. In diesen beiden Büchern ging es um Männer, die gestört waren und dies auch größtenteils einsahen. Ein völlig anderes Thema.

Nach Abschluss seines intensiven Studiums war Manns zu der Erkenntnis gelangt, dass kein gesunder Mann Sex mit einer Frau haben konnte und auch nicht wollte, wenn diese überhaupt nicht dazu bereit war. So gesehen war der Begriff Vergewaltigung, der das Wort Gewalt enthielt, völlig unpassend. Es würde, da war

Manns sich sicher, in naher Zukunft ein neuer Terminus gefunden werden. So, wie es seit ein paar Jahren in Bezug auf so viele veraltete Begriffe üblich geworden war.

*

Henning, heute mit einem geflochtenen Zopf, den seine neue Bekanntschaft Mira ihm am Morgen richtete, sitzt im Büro und grübelt. Aber nicht über Mira, mit der es ernster werden könnte, sondern über den Butt-Fall. Der ‚hohe Schrei‘, den mehrere Hausbewohnerinnen am Morgen von Butts Tod vernommen haben, lässt ihm keine Ruhe. Zu wem gehört die hohe Stimme, wer ist dem Opfer morgens in aller Frühe gefolgt? Gesehen hat niemand die Frau, dennoch muss es sie doch geben.

Henning betritt das Haus Weichselstraße 10, bleibt neben der Eingangstür stehen, ganz ruhig und meditativ, in der Hoffnung auf eine plötzliche Erleuchtung. Oder ist irgendjemand im Haus übersehen worden? Nein, Blödsinn. Ausgeschlossen.

Henning setzt sich aufs Flurfensterbrett parterre und zückt seine Mieterinnenliste. Hinter allen Namen ein Häkchen. Auch Besucherinnen hielten sich an dem Morgen nicht im Haus auf, das ist alles längst abgeklärt.

Wer also ist die unbekannte Frau? Henning spielt unruhig in seinem Haar herum, bis die am Morgen so sorgfältig erstellte Frisur hinüber ist. Mist. Henning lässt die Mieterinnenliste sein und wendet sich seinem Zopf zu. Ohne Spiegel kriegt er den nicht mehr repariert, wenn überhaupt. Er steht auf, eilt rasch in den dritten Stock. Das Flurfenster dort hat alte, nicht entspiegelte

115

Scheiben, Henning hat sich schon ein paar Mal davor zurechtgemacht.

Oben angekommen fällt sein Blick auf eine Tageszeitung, die auf dem Fensterbrett zwischen ein paar Werbeprospekten liegt. Die Zeitung ist von heute, im Abo-Adressfeld: Klein, Weichselstraße 10. Henning stutzt. Stand nicht im Protokoll der ersten Tatort-Begehung, dass im Haus niemand mehr eine Tageszeitung im Abo erhält? Henning starrt auf die Zeitung, und dann geht ihm ein Licht auf. Die zerstörte Frisur ist vergessen. Regelrecht euphorisiert, die Zeitung in der einen Hand, klingelt und klopft Henning mit der anderen Sturm bei Klein.

Frau Klein öffnet, begrüßt den hoch aufgeregten Kommissar irritiert. Ganz im Gegenteil zu sonst erwidert der den Gruß nicht, sondern kommt sofort zur Sache, wobei er mit der Zeitung vor Frau Kleins Nase herumfuchtelt.

„Sie bekommen eine Tageszeitung im Abo?"

Frau Klein starrt den jungen Mann an, der sie immer an diese Laufstegmodels für Herrenbekleidung erinnert. Heute allerdings sieht er überraschend zerzaust aus, Haarsträhnen stehen ihm wirr um den Kopf, aber gut, wahrscheinlich Stress und Überarbeitung. Frau Klein, so verwundert wie sie über den stürmischen Auftritt ist, versucht zu lächeln, möchte diesem schönen Burschen ja nichts Böses, doch ihr Ärger über den Zeitungsverlag oder die Auslieferungsfirma gewinnt die Oberhand. So verdüstert sich ihre Miene.

„Ja, theoretisch bekommen wir neuerdings wieder eine Zeitung im Abo", mault Frau Klein los.

„Was heißt theoretisch und seit wann genau ist neuerdings?"

Frau Kleins Irritation nimmt zu.

„Haben wir mit dem Zeitungsabo gegen ein Gesetz verstoßen?“, entfährt es ihr.

„Natürlich nicht. Aber... wenn Sie eine Zeitung bekommen, gibt es jemanden, der oder die sie bringt.“

„Und damit haben Sie das Problem benannt, Herr Kommissar! Wir haben das Abo vor zwei Jahren abbestellt, aber ans Zeitungslesen im Internet konnte ich mich nicht gewöhnen und mein Mann auch nicht. Also haben wir die Zeitung vor... ich müsste nachschauen... vier Wochen?“

„...wieder bestellt?“

„So ist es, zuerst lief auch alles gut. Morgens lag sie auf der Türmatte und Anne hat sie im Wohnzimmer auf den Posttisch gelegt, bevor sie zur Schule ging, aber seit...“

Frau Klein überlegt, Henning zittert vor Aufregung, schafft es aber, Frau Klein nachdenken zu lassen.

Dass ihre Tageszeitung seit ungefähr zwei Wochen achtlos irgendwo hingeworfen wird, empört sie sich schließlich. Es sei wohl jemand neues zuständig. Sie habe sich schon beim Verlag beschwert, was nicht viel bringen würde, so ohne Beistand, denn sie sei im Haus die Einzige, die eine Tageszeitung im Abo erhielte. Und offenbar nicht nur die Einzige im Haus, sondern auch die einzige in ganz Neukölln.

„Seit wann genau liegt die Zeitung am Morgen nicht mehr auf der Fußmatte?“ Henning ist mittlerweile wie elektrisiert. Sieht bereits vor seinem inneren Auge, dass er seinen ersten Fall gelöst hat. Wie genau ist aber in dieser Sequenz noch nicht erkennbar. Aber möglicherweise ist er bei der Polizei doch goldrichtig.

„Tja, seit wann? Ich sagte ja schon... seit zwei Wochen ungefähr, ganz genau kann ich Ihnen das aber nicht sagen. Also am Tag, als der Butt starb, lag sie wahrscheinlich noch vor der Wohnungstür. Weil Anne sie hereingeholt und ins Wohnzimmer gelegt hat, bevor sie losgelaufen ist. Und danach... gute Frage... Wissen Sie was, ich frage heute Nachmittag meine Tochter, die merkt sich so was.“

„Um wie viel Uhr kann ich Sie anrufen?“ Henning ist jetzt außer sich vor Aufregung. „Und besitzen Sie die Zeitungen von den Tagen vor Herrn Butts Tod noch?“

Nein, die hat Frau Klein in den Altpapiercontainer im Hof geworfen und der ist vorgestern geleert worden.

„Melden Sie sich gegen drei, dann ist Anne auf jeden Fall wieder daheim.“

Als Frau Klein samt Zeitung in ihrer Wohnung verschwunden ist, weiß Henning nicht, wen er zuerst anrufen soll: seine Vorgesetzte, um sie zu beeindrucken, oder den Verlag, um rauszukriegen, wer die Zeitung brachte und bringt, oder den Werkhof, wo das Altpapier gesammelt wird, oder Mira, um zu fragen, ob sie heute Abend groß mit ihm essen geht.

Er ist in Siegerstimmung. Geht deshalb als Erstes zur alten Fensterscheibe und repariert seine Frisur so gut wie möglich. Ein nachlässiges äußeres Erscheinungsbild wäre der momentanen Situation nicht würdig. Danach entscheidet er, Feldmann anzurufen, aber ohne ihr etwas zu verraten. Die Mitteilung an seine Vorgesetzte lautet: „Das glauben Sie nicht! Kommen Sie bitte sofort in die Weichsel 10!“ Und schon legt er auf. Warum sie herkommen soll, statt dass er mit dieser Neuigkeit zu ihr ins Büro fährt, weiß er allerdings nicht, und nun ist es zu spät.

Aber egal. Und als nächstes der Springer Verlag. Dann zum Altpapier. Wenn er dort Erfolg hat, ist die Essenseinladung an Mira dran.

Auf der gegenüberliegenden Straßenseite binden zwei Jungen ihren Pitbullmischling an einen Fahrradständer und verschwinden im Internetcafé.

„Sind die Köter in Neukölln immer noch angesagt?", wundert sich Feldmann und schließt ihren Wagen ab. Eigentlich ist diese Welle doch abgeflaut, dem Himmel sei Dank. Sie schaut genauer hin. Das Tier trägt keinen Maulkorb wie vorgeschrieben. Zwar sind Halsband und Leine, wie es aussieht, aus festem Leder. Der Hund wirkt auf Feldmann aber sehr unruhig. Sie ist gerade im Begriff, die Straße zu überqueren, um die Besitzer an die Maulkorbpflicht zu erinnern, da taucht Tobias Schwarz auf. Sieht den Hund, zögert kurz, reißt sich dann ein Stöckchen aus dem Gestrüpp im Grünstreifen. Nähert sich damit dem Pitbull. Der knurrt. Tobias grinst und beginnt, das angeleinte Tier mit dem Stock auf die Ohren zu schlagen. Erst vorsichtig, als der Hund zu jaulen beginnt, fester.

Feldmann sprintet über die Straße, der Pitbull zerrt winselnd vor Schmerz an seiner Leine. Tobias macht weiter. Der Hund heult, zerrt, bis die Leine sich endlich vom Fahrradständer löst. Der Hund ist frei, fährt Tobias zwischen die Beine, Tobias schreit schrill, tritt nach dem Pitbull. Die beiden Jungen kommen aus dem Internetcafé geschossen und müssen zusehen, wie ihr Hund Tobias' Hosenbein zerfetzt, und der weiter mit seinem Stock zuschlägt. Feldmann bleibt eine Sekunde wie angewurzelt stehen. Aber natürlich! Doch zunächst das hier. Den Jungen gelingt es nicht, ihren Hund unter

Kontrolle zu bringen. Er hat sich jetzt in Tobias' linker Turnschuhsohle festgebissen. Feldmann zückt reflexartig die Waffe.

„Versuchen Sie, aus dem Schuh zu kommen, und gehen Sie von dem Hund weg! Aber langsam, auf keinen Fall rennen", brüllt sie Tobias an, der mittlerweile heult wie ein Kind. Die Waffe der Kommissarin blitzt auf. Einer der Hundehalter hebt abwehrend die Hände: „Bitte schießen Sie nicht, bitte!", packt entschlossen seinen Hund am Halsband. Der Hund lässt Tobias' Schuh sein und schnappt nach der Hand seines Herrchens. Feldmann springt dazwischen, greift den Hund im Nacken und schüttelt ihn. Der Hund legt sich auf den Boden. Tobias schreit, Feldmann kann ihn gerade noch davon abhalten, dem Pitbull, der jetzt in Demut-Stellung daliegt, in den Bauch zu treten. Einer der Jungen hält seine blutende Hand fest, der andere schlägt Tobias ins Gesicht.

Feldmann steckt die Waffe ein, hebt die Hundeleine auf, nimmt den Pitbull kurz, holt ihr Handy aus der Tasche und fordert einen Krankenwagen und eine Streife an. Tobias hat sich schnell von dem Schlag und der Hundeattacke erholt. Er betrachtet teilnahmslos seinen Schuh, die Sohle ist hin. Er zieht den Schuh aus, sein Fuß blutet. Tobias will jetzt rasch nach Hause, aber Feldmann hält ihn zurück.

„Warten Sie bitte, bis die Kolleginnen hier sind... Sie brauchen Hilfe", hört sie sich hinzufügen. Tobias grinst sie hämisch an. Dafür bekommt er von dem zweiten Hundehalter noch eine verpasst. Da hört Feldmann mit tatütata die Verstärkung kommen. Eine Szene wie vor zehn Jahren im guten alten Neukölln.

120

„Joggen Sie gerade?"

„Nein, ich musste in Nord-Neukölln gegen hohes Aggressionspotenzial und einem Pitbull kämpfen. Klingt wie aus der Bildzeitung, wie?"

„Ein bisschen, ja", gesteht Henning. „Ich hoffe, Sie sind unversehrt!"

„Mir geht´s gut. Aber ich bin eine Idiotin. Hunde gibt es nicht in der Weichselstraße 10, also suchen wir nach einem anderen Tier."

„Äh... ?"

„Ich habe gerade mit angesehen, wie ein Hund eine Hose zerrissen hat, was mich zum Butt-Hosenbein bringt. Vermutlich hat er sich den Riss doch nicht an der kaputten Treppenleiste zugezogen, sondern beim Kampf mit einem Tier."

„Kommen Sie erst mal rein... Weichsel 10." Henning ist ein wenig enttäuscht, eigentlich wollte er an diesem Morgen für die Schlagzeile sorgen. „Ach so... und weshalb ich überhaupt anrufe... gibt es unten irgendwo einen Coffee to go und ein Stück Brot?"

Feldmann wird ihm ein Frühstück organisieren. Bei SPAR ist es noch leer. Einen Backstand haben die auch nicht, wie Feldmann festgestellt hat, nachdem sie einmal durch den Laden gefegt ist. Schon wieder am Ausgang sieht sie im Spiegel unter der Decke, dass Frau Alt ein Regal weiter steht. Ganz konzentriert blickt die sich um. Feldmann bleibt stehen. Die Alt wird doch wohl nicht... In dem Moment öffnet Frau Alt ihre Jacke und lässt blitzschnell ein Päckchen Rasierklingen in der Innentasche verschwinden. Geht ein Regal weiter und stiehlt ein kleines Fläschchen Deo auf dieselbe Weise.

Feldmann japst nach Luft. Das ist wirklich nicht ihr Tag heute. Sie hat keine Lust, noch eine Streife herbei zu ordern. Also heftet sie sich an Frau Alts Fersen, die ganz ruhig Richtung Kasse spaziert, offenbar, um ein Glas Himbeergelee zu bezahlen, das sie demonstrativ und mit Hilfe beider Händen durch den Laden trägt. Aber vorher kann Feldmann die Diebin noch aufhalten.

„Ach, guten Morgen!", begrüßt diese die Kommissarin, ohne irgendein Zeichen von Nervosität. „Hat sich denn was ergeben in Sachen Butt?" Und dann, etwas leiser: „Waren Sie mittlerweile mal bei dem Schwarz?"

„Guten Morgen... ähm... ja, aber..." Feldmann senkt den Ton, "legen Sie doch bitte erst mal die Rasierklingen und das Deo zurück."

Frau Alt errötet. Will etwas sagen, ihr Gesichtsausdruck wechselt von verlegen über beschämt zu trotzig. Sie setzt zu sprechen an, doch die Kommissarin kommt ihr zuvor, weil sie ahnt, dass jede Erklärung unsinnig sein wird.

„Frau Alt, das ist nicht mein Bereich", zischt sie, hat jetzt Mühe, ruhig zu bleiben. Diese Bande aus der Weichselstraße 10 ist wirklich eine Klasse für sich.

„Legen Sie die Ware zurück – und erledigt."

Frau Alt gehorcht, verkündet aber vorher noch: „Wenn ich Ausländerin wäre, hätten Sie nichts gesagt, oder?", geht hölzern wie eine Marionette zum Regal mit den Drogerieartikeln und holt so geschickt, wie sie die Rasierklingen und das Deo eingepackt hatte, beides nun wieder aus der Tasche. Zum Vorschein kommen außerdem noch ein Reisemaniküreset und ein Kamm.

Als alles wieder an Ort und Stelle liegt, geht die Diebin wortlos an der Kommissarin vorbei zur Kasse, bezahlt ihr Himbeergelee und verlässt, ohne sich von Feldmann zu verabschieden, den Supermarkt.

Henning hockt im obersten Stockwerk am Zugang zum Dachboden auf einem Werbeprospekt, eine Beilage aus der heutigen Tageszeitung. Frau Klein hat ihm die saubere Sitzunterlage zur Verfügung gestellt, er musste noch mal eben bei ihr klingeln, trägt heute ja eine helle Leinenhose. Nun sitzt er auf den aktuellen Angeboten des DM Drogeriemarktes und versucht, zu rekapitulieren. Die Zeitung wird morgens also doch zugestellt, ha! Also gilt es nur noch herauszufinden, wann genau und von wem. Alles Weitere wird sich dann automatisch finden. Henning strahlt. Beim Springer Verlag hat er noch nichts erreicht, gut, das kann man auch gleich vom Büro aus weiterverfolgen, auf die Minute kommt es jetzt auch nicht mehr an. Und was das Herausfischen der Kleinzeitungen aus dem Altpapier angeht – das erledigen soeben die Kolleginnen.

Feldmann setzt sich neben ihren Assistenten, reicht ihm einen dampfenden Pappbecher und eine Tüte aus der Bäckerei neben dem SPAR Supermarkt. Henning wartet, bis seine Vorgesetzte es sich bequem gemacht hat; auf ein Stück von seinem Werbeprospekt legt sie keinen Wert, findet den Fußboden ausreichend sauber.

Henning schweigt noch einen kleinen Moment, um die Spannung zu erhöhen, dann lässt er die Katze aus dem Sack. Es gibt jemanden, der oder die morgens eine Zeitung zustellt. Feldmann erstarrt. Moment mal. Es bekäme doch niemand im Haus eine Zeitung?

„Familie Klein bekommt als Einzige und seit einem Monat wieder eine. Also bereits vor zwei Wochen, an dem Tag, als der Butt starb. Das neue Abo hatte an dem Tag offenbar noch niemand im Haus registriert."

Feldmann hat einen bösen Fehler gemacht. Das wird ihr sofort klar, das räumt sie sofort ein. Sie hätte bezüglich der Tageszeitung bei jeder Mietpartei noch einmal nachfragen müssen.

„Das war ein klassischer Fall von Schlamperei, da gibt es nichts zu beschönigen“, erklärt sie ihrem Assistenten.

„Ja. Weil Sie sich von Anfang an viel zu sehr auf Marie Butt eingeschossen haben“, denkt der, spricht es aber nicht aus. Denn dadurch hat seine Vorgesetzte eine Vergewaltigung aufgedeckt, auch wenn die Täter vermutlich ungestraft davonkommen werden. Henning schiebt diesen deprimierenden Gedanken zur Seite und sagt: „Ich hätte ja auch auf die Idee kommen können, noch mal überall nachzufragen, wegen der Zeitung!“

Feldmann findet die Reaktion souverän. Aber natürlich wäre es ein Unterschied, ob er oder sie diesen Fehler beginge, wie sie Henning versichert. Das sieht Henning genauso, behält aber auch das für sich. Überlegt jetzt lieber laut, warum jemand, der oder die Zeitungen zustellt, den Butt umgebracht haben sollte. Henning ist so bei der Sache, dass er sein Mandelhörnchen erst mal nicht essen kann, sondern lediglich in hastigen Schlucken den Kaffee herunterstürzt. Er legt die Kuchentüte zur Seite und fährt fort, den Tathergang immer wieder neu zu rekonstruieren. Zeitungszustellende mit Hund zur eigenen Sicherheit? Wäre denkbar, so wild, wie es in einigen Berliner Bezirken bei Nacht zugeht. Außerdem kann man seinem Hund auf diese Weise Auslauf verschaffen.

„Welchen Grund sollten Zeitungszustellende mit Hund haben, den Butt die Treppe herunter zu stoßen?“, denkt Feldmann laut. Und ihr Assistent: „Vielleicht so... der Butt war nicht gerade dafür bekannt, ein feiner, höflicher Mann zu sein. Er ist also an dem Morgen volltrunken aus dem Gift gekommen, die Treppe hoch gewankt, entgegen kam ihm die Person, die die Zeitungen bringt, plus Hund. Der Hund schnupperte am betrunkenen Butt, der fühlte sich bedroht, trat nach dem Tier, der Hund ließ sich das nicht bieten und fuhr dem Butt ins Hosenbein. Der Butt stolperte, rief noch der zustellenden Person zu: „Hilf mir doch, du…" und stürzte die Treppe hinunter, worauf die Person einen hohen Schrei von sich gab und weglief… hoher Schrei? Unsere Person könnte also theoretisch auch ein Kind sein, und…"

„…und deshalb nicht sofort die Polizei oder einen Krankenwagen verständigt haben? Gut, wir…"

Hinter ihnen raschelt es, Feldmann und Henning fahren erschrocken zusammen, drehen sich um.

„Ja, hallo!" Die beiden sehen völlig perplex zu, wie ein Waschbär geschickt das Hörnchen aus der Tüte angelt. Henning springt auf, das Tier gibt einen hohen Schrei von sich, schlüpft mit seiner Beute im Maul im Eiltempo durch den leeren Rahmen in der Tür, in dem schon seit Jahren die Glasscheibe fehlt, und verschwindet auf dem Dachboden. Kommissarin und Assistent wollen hinterher, aber die Tür zum Dachboden ist abgeschlossen.

„Ich hole den Schlüssel bei der Hausmeisterin!"

Henning rast die Treppe hinunter. Unten hört Feldmann ihn Sturm klingeln, und, als geöffnet wird, den Dachbodenschlüssel verlangen. Offenbar ist Frau Müller der Ernst der Lage bewusst, denn keine drei Minuten später ist Henning samt Schlüssel wieder oben und hinterher kommt die Hausmeisterin die Treppe hinauf geächzt. Henning schließt auf.

„Bleiben Sie bitte erst mal hier stehen!", ordnet er in Richtung Frau Müller an, woran die aber nicht im Traum denkt. Die drei betreten den Dachboden. Stille. Henning macht das Licht an. Irgendwo hinter den Balken wird das Tier mucksmäuschenstill warten, dass die Eindringlinge sich wieder verziehen.

„Wen suchen wir?", erkundigt sich flüsternd Frau Müller.

„Das Geschöpf, das einen hohen Schrei von sich gegeben und den Butt umgebracht hat", gibt Henning bekannt.

Kurze Zeit später sind drei Beamte vor Ort, die den Dachboden bis in den letzten Winkel durchkämmen. Auch den Verschlag, in dem die Kohlen lagern, nehmen die Spurensucher genau in Augenschein. Da finden sie das Nest des Waschbären. Verängstigt hockt das Tier auf einem Lager aus Zeitungen und zerlegten Kleidungsstücken. Ein zweites Team wird herbei telefoniert. Dem gelingt es, den Bären einzufangen und das Nötige zu veranlassen, damit die Bären-DNA mit dem Spuren-Cocktail an Butts Hosenaufschlag verglichen werden kann. Und dann ab mit dem Bären in den Berliner Zoo.

Wofür es keine Erklärung gibt, sind zum einen die Matratze, die Wolldecke, die Plastiktüte mit ein paar Unterwäschestücken und Strümpfen, die alten Fahrkarten und ein bisschen Kleingeld. All das findet man in der Nische hinter dem Kohleverschlag. Und zum zweiten entdeckt man dort eine Art Tür in der Dachschräge. Eigentlich sind es nur die Umrisse einer Tür oder einer großen Klappe. Eine Klinke oder eine andere Vorrichtung, um die Klappe zu öffnen, gibt es nicht. Der Polizist klopft die Türfläche ab. Dahinter vermutet er Dachziegel. In alten Häusern fände man sehr häufig die seltsamsten Konstruktionen. Um was genau es sich hier

126

handeln würde, wüsste sicher ein Architekt. Falls einen das interessierte. Mit dem Fall habe es jedenfalls aller Wahrscheinlichkeit nach nichts zu tun. Feldmann wirft Henning einen vorsichtigen Blick zu, doch der reagiert nicht. Ein Architekturstudium hat er also vermutlich noch nicht begonnen.

„Eine Tür zu den Sternen!", witzelt der Polizist, dann wendet man sich wieder den wichtigen Fundstücken zu. Die Sachen werden ins Labor gebracht.

Wenige Tage später sind die Untersuchungsergebnisse da. Auf der Matratze hat eine Person weiblichen Geschlechts gelegen, die Unterwäsche in der Plastiktüte wurde erst kürzlich gewaschen.

Alle Hausbewohnerinnen werden ein weiteres Mal befragt. Wer könnte in der Nische campiert haben? Hat jemand etwas gehört? Geräusche auf dem Dachboden? Herr und Frau Manns, Frau Kahane, haben Sie denn keine Schritte über sich wahrgenommen?

Niemand hat irgendetwas gehört oder auch nur die leiseste Ahnung, wer auf dem Dachboden geschlafen haben könnte. Aber dass es sich bei der gesuchten Person um einen lebendigen Menschen handeln muss, beruhigt alle im Haus ungemein. Die DNA des Waschbären ist am Butt-Hosenbein nicht auszumachen.

*

Endlich ist jemand am Apparat. Auch hier ein echter Mensch, kein Sprachcomputer. Henning triumphiert, strahlt Feldmann und Otto an. Otto möchte kein Polizist werden, sondern einen Beruf ergreifen, bei dem man ein gemütlicheres Büro bekommt. Den zugemüllten Schreibtisch seines Vaters nebst zwei Abstelltischchen voller Prospekte, alter Zeitungen, Pizza-Kartons, Notizzettel und Fotobände aus aller Welt im heimischen Wohnzimmer findet er da wesentlich interessanter. Momentan sitzt er aber am Klapptisch im kargen Büro seiner Mutter und macht Hausaufgaben. Matthias, der von einer künstlerischen Eingebung heimgesucht wurde, kann seinen Sohn zuhause gerade gar nicht gebrauchen.

Henning, der heute mal wieder einen Pferdeschwanz trägt und an einem Hipster-Bart arbeitet, fragte sich vorhin eine Stunde lang, ob man eine Frau, die Alleinverdienerin der Familie ist und zudem noch die Hauptverantwortung fürs Kind trägt, als emanzipiert bezeichnen kann oder möglicherweise doch eher als vollkommen unemanzipiert, weil sie auf genau den Kerl reingefallen ist, der am bequemsten durchs Leben gondeln möchte.

Henning fand darauf keine Antwort, und kam zu dem Schluss, dass das Ganze ihn auch nichts angeht. Also wendete er sich wieder seinem Fall zu, den er nunmehr fast gelöst hat.

„Was kann ich für Sie tun?“, will die Stimme am Telefon wissen, ohne sich namentlich vorzustellen.

„Kripo Berlin. Guten Morgen. Wo sitzen Sie? Ihr Standort? Wir haben ein paar Fragen.“

Mit dem Begriff Standort kann die Stimme so nichts anfangen, Standort wofür? Also erklärt Henning, dass er sich über Zeitungszustellerinnen unterhalten möchte.

„Da sind Sie bei mir aber völlig falsch, Herr Inspektor. Rufen Sie die Zustellungskoordination an."

Henning fragt nach der Nummer und die Telefonstimme antwortet ungeduldig: „Ich denke, Sie sind Polizist. Da wissen Sie doch immer alles."

„Ist auch so, aber Sie müssen mir schon den Namen der Firma verraten. Hellsehen kann ich nicht, sonst würden sich mir ganz andere Verdienstmöglichkeiten eröffnen", kontert Henning, der seit Tagen und mit wachsendem Erfolg kecker wird. Otto giggelt. Den Assistenten seiner Mutter findet er ganz cool, wenn auch völlig anders geartet als den Police Inspector im Marvel Comic. Aber gut, diese Diskrepanz verwirrt niemanden mehr, der jemanden wie Matthias seinen Vater nennt.

Henning hält demonstrativ den Hörer in die Luft. Die Telefonstimme schweigt soeben, wie Feldmann und Otto feststellen dürfen, stattdessen klackert es auf einer Tastatur, dann wird eine Nummer und Adresse angesagt, Henning kann gerade eben mitschreiben, nach knapper Verabschiedung legt die andere Seite auf.

„Verblödeter Sesselfurzer!", entfleucht es Henning, und Feldmann weist ihn mit einem Blick auf Otto zurecht, als wäre er ebenfalls ihr Sohn.

„'Tschuldigung. Das sagt man natürlich nicht, mein kleiner Freund. Man sagt einfach nur: Sesselfurzer."

„Och, Henning, bitte!"

Otto grinst, trinkt einen Schluck Kakao und beugt sich wieder über seine Matheaufgaben.

„Wo sitzen die, Henning? BZV in Schöneberg?"

„Woher wissen Sie das?"

„Mit der BZV hatten wir natürlich schon zu tun. Wer seine Leute nachts auf der Straße arbeiten lässt, muss damit rechnen, dass ständig die Polizei in der Bude steht. Also fahren Sie doch gleich mal vorbei!"

„So. Sie wollen mich loswerden!"

Die Zuständige bei BZV ist nicht wesentlich freundlicher als der Zuständige bei der Morgenpost. Wer die Zeitung am besagten Morgen in die Weichselstraße 10 gebracht hätte, könne man jetzt nicht mehr nachprüfen, behauptet Frau Hinck, worauf Henning seinerseits behauptet, er könne die Dame verhaften lassen, wenn sie ihm nicht sagen würde, was sie wüsste.

Das glaubt ihm Frau Hinck allem Anschein nach irgendwie schon, was Henning zu der Vermutung bringt, sie habe wohl noch mehr auf dem Kerbholz als schlechte Organisation und Schlamperei. Und tatsächlich – Frau Hinck reagiert plötzlich regelrecht unterwürfig. Mit weinerlicher Stimme fragt sie Henning, ob der sich vorstellen könne, was in ihrem Betrieb los sei, seit es den Mindestlohn gebe, den man bei Ihnen ja noch nicht zahle, nicht zahlen müsse, da die Mitarbeitenden eben nur Zeitungen und keine Werbeprospekte oder ähnliches zustellten.

Henning gibt zurück, er könne es sich nicht vorstellen, sie solle ihn also bitte aufklären, woraufhin sie, jetzt fast den Tränen nah, lamentiert, es wolle niemand mehr bei ihnen arbeiten, die Leute suchten sich stattdessen Jobs, wo sie 8,50 Euro verdienten. Henning schlägt vor, dass man den Leuten doch auch hier 8,50 Euro zahlen solle und schon wäre das Problem gelöst, und Frau Hinck gibt zurück, dass man keine 8,50 Euro zahlen müsse, weil man eben nur Zeitungen zustelle. Aha. Henning lässt das Thema Stundenlohn erst mal fallen.

„Wer hat an dem Tag also die Zeitungen in die Weichselstraße 10 gebracht?“

„Das ist es ja...“

„Was ist das?“

Die Angelegenheit wird jetzt albern, findet Henning. Frau Hinck erklärt so langsam, als rede sie mit einem Irren, da ja niemand mehr für sie arbeiten wolle, man auf Menschen zurückgreifen müsse, die eigentlich... also... „Wie soll ich es sagen?“ Sie zupft ihre gepunktete Bluse zurecht, streicht den Rock glatt.

„Sagen Sie es so, wie es ist“, schlägt Henning betont beherrscht vor.

„Wir beschäftigen hin und wieder, natürlich nur in Ausnahmefällen, Menschen, die aus ihren Heimatländern aufgrund von Kriegen fliehen mussten.“

„Habe ich verstanden. Und weiter? In unserem Fall handelte es sich um so einen Ausnahmefall?“

Die Frau nickt, starrt auf ihre altrosa lackierten Fingernägel.

„Hat dieser Mensch auch einen Namen und eine Adresse?“

„Ich weiß nur, dass er Hamed heißt. Er ist seit zwei Wochen nicht mehr gekommen. Das ist nicht ungewöhnlich. Meistens bleiben die Jungs ein paar Wochen, oder im Fall von Hamed ausnahmsweise zwei Jahre. Wenn sie genug Geld zusammen haben, kommen sie einfach nicht mehr wieder. Es gibt bei uns eine starke Fluktuation. Menschen aus diesen Ländern teilen eben nicht unsere Auffassung von Arbeit. Und im Übrigen wird ihnen ja auch alles bezahlt – Unterkunft, Essen, Kleidung, das ist mehr, als sie zuhause je hatten. Den Job hier machen sie solange, bis das Geld für ein neues Smartphone reicht.“

„Was zahlen Sie denen denn pro Stunde?"

„Das weiß ich nicht, das macht eine Kollegin."

Henning sieht sie scharf an, formt mit beiden Händen Handschellen. Frau Hinck versteht. „Moment, ich
muss überlegen... ich glaube, so um die 5 Euro pro
Stunde. Aber das ist bei denen viel Geld, glauben Sie
mir."

„Wenn Sie das sagen. Wo lebt dieser Hamed denn,
irgendeine Adresse, Handynummer? Irgendwas muss
doch hinterlegt worden sein?"

Frau Hinck verspricht, mit zwei Zustellern, die ihn
gut kannten, zu reden.

„Alles klar. Spätestens in drei Tagen stehe ich wieder
bei Ihnen auf der Matte, wir verstehen uns?"

Dass Hamed in Neukölln auf einem Dachboden
schlafen würde, hätte er erzählt, auch ein Bär würde dort
leben, der aber harmlos sei. Das Abendessen wäre jeden
Abend gebracht worden.

Die drei Tage sind um, Henning hatte gleich morgens um neun angerufen und seinen Besuch angekündigt. Frau Hinck erbat sich noch eine Fristverlängerung
bis zum frühen Abend. Jungen in dem Alter seien nicht
so einfach dingfest zu machen.

„Sechs Uhr Glockenläuten, mein letztes Angebot!"

Frau Hinck versprach, alles in ihrer Macht stehende
zu tun.

Als Henning pünktlich um 18 Uhr auf der Matte
stand, saßen tatsächlich zwei Jungs bei Frau Hinck im
Büro. Wie sich herausstellte, kamen beide aus Afghanis-
tan und waren offiziell geduldet. Die Jungen versichern
Henning jetzt, sie hätten Hamed die Geschichte mit dem
Bären und dem Abendessen nicht geglaubt, zumal er

auch noch behauptete, eine Freundin in dem Neuköllner Haus zu haben. Eine richtige Freundin. Und deutsche Kumpels, die ihm helfen würden, sich zu verstecken, da er noch bei keinem deutschen Amt registriert sei.

„Das meiste davon entspricht der Wahrheit, möglicherweise alles. Aber das klären wir noch."

Die beiden Jungen sehen Henning verblüfft an.

„Nur mal so aus persönlichem Interesse - Sie beschäftigen hier Flüchtlinge, die sich illegal im Land aufhalten?", wendet der sich an Frau Hinck. Sie wehrt sofort ab, fordert die Jungen auf, ihre Papiere zu zeigen. Die beiden wären seit Jahren hier, ganz legal.

„Mich interessieren eure Papiere nicht, mich interessiert aber umso mehr euer Kumpel Hamed, vor allem interessiert mich, wo er jetzt ist."

Die beiden zucken die Schultern, wissen es nicht. Henning glaubt ihnen.

„Na, schön. Haben Sie also irgendetwas von Hamed? Eine Handynummer vielleicht?"

„Das ist es doch gerade...", druckst Frau Hinck.

„Ich höre."

„Er hat hier nichts hinterlegt."

„So. Okay. Und seine Freundin? Wie hieß die?"

Die Jungen sagen, sie wüssten das nicht. Henning entgeht nicht, dass sie es sehr wohl wissen.

„Warum meint ihr, es mir nicht sagen zu können? Wir wollen eurem Kumpel nichts Böses, er soll lediglich eine Aussage machen. Im Übrigen kann er in Deutschland Asyl beantragen, wie ihr auch. Dadurch lebt es sich doch schon mal ein bisschen besser, oder?"

Das scheinen die beiden einzusehen. Nach kurzem Bedenken fällt ihnen der Name der Freundin doch noch

ein. Ane wäre ihr Name gewesen, oder Ahne. Irgendwas
in der Art. Henning ist vollauf zufrieden.

„Und wenn Sie Hamed finden wollen…" Einer der
beiden Jungen grinst. „Den kann man riechen, der hat
immer dieses voll krasse Patschuli drauf. Braucht man
doch hier in Deutschland gar nicht, gibt doch keine Läu-
se und Flöhe hier."

„Wie es aussieht, war er es, der in der Weichsel 10
auf dem Dachboden campierte", telefoniert Henning
draußen die Neuigkeiten an seine Vorgesetzte, die bereits
zuhause ist, weiter. „Und er war wahrscheinlich auch als
Zeitungsjunge für das Haus zuständig. Eigentlich fügt es
sich jetzt doch gut zusammen: Ane oder Ahne ist unsere
Anne Klein, die hat den Jungen kennengelernt, ist mit
ihm ins Gespräch gekommen, hatte Mitleid, quartierte
ihn heimlich auf dem Dachboden ein. Fragt sich nur
noch, was er mit dem Tod von Butt zu tun hat. Und
warum Hamed seither verschwunden ist."

Feldmann wendet ein, dass laut Labor auf der Matratze eine weibliche Person geschlafen habe.

Otto, der offenbar neben seiner Mutter sitzt und das
Telefonat mit verfolgt, nimmt ihr den Hörer aus der
Hand und erklärt Henning, dass zwar auch der Junge
dort geschlafen habe könnte, beispielsweise auf dem
Fußboden oder auf einer Matratze, Matte oder Decke,
die fortgeschafft worden wäre. „Wahrscheinlicher ist
aber", fährt Otto fort, „dass Hamed in Wirklichkeit ein
Mädchen ist." Wie er in einem von Matthias Fotobänden
gesehen und gelesen hätte, würden in einigen arabischen
Ländern Töchter wie Söhne erzogen, falls es keinen
Jungen in der Familie gäbe. „Dadurch wird die Ehre der
Mutter gerettet. Bacha Posh nennt man diese Mädchen."

134

„Moment, Moment...", hört Henning eine männliche Stimme im Hintergrund rufen, „ich habe es hier... Guten Abend, Matthias Feldmann. Also hören Sie..." Es wird ein Artikel zum Thema vorgelesen. Feldmann und Henning sind verstummt. Als Matthias fertig ist und die Kommissarin sich wieder gefangen hat, ordnet sie an: „Wir treffen uns in einer halben Stunde im Büro, Henning!"

„Bringen Sie ihre Familie zur Hilfe mit", bittet der.

„Ottos Theorie sollte man weiter verfolgen", schlägt Henning vorsichtig vor.

„Natürlich", macht Feldmann kleinlaut.

Sohn und Mann hat sie zuhause gelassen, googelt aber gerade zum Thema Bacha Posh. Wie Otto schon erklärte, wachsen diese Töchter wie Söhne auf, helfen dem Vater unter anderem auch bei der Arbeit, was Mädchen nicht gestattet ist.

„Das wäre also auch geklärt", sagt Henning, will noch hinzufügen: dank der Bibliothek Ihres Mannes. Das lässt er aber und bemerkt stattdessen: „Was für menschenunwürdige Zustände! Und niemand im Haus will gemerkt haben, dass auf dem Dachboden ein oder mehrere Kinder wohnten?"

Dass die menschenunwürdigen Zustände zunehmen würden, befürchtet Feldmann. Die Regierung verfüge über keinerlei Konzept, selbst die registrierten Flüchtlinge vernünftig unterzubringen und einzugliedern.

„Was soll man Ihrer Meinung nach tun?", möchte Henning wissen.

„Druck machen, dass keine Waffen mehr in die Welt hinaus geliefert werden. Aufhören, andere Länder auszuplündern und ihre Märkte mit subventionierten Produkten zu fluten, die so billig sind, dass sich Landwirtschaft nicht mehr lohnt. Und jetzt erst einmal die, die wegen solcher Untaten fliehen mussten, menschenwürdig aufnehmen. Die wohlhabenden Leute im Land endlich einmal in die Pflicht nehmen. Und zwar die, die seit Monaten verkünden, dass es die Menschlichkeit gebiete, Flüchtlinge aufzunehmen, aber gleichzeitig Anwälte anheuern, die verhindern sollen, dass ausgerechnet in der eigenen Nachbarschaft ein Flüchtlingsheim gebaut wird. Diejenigen sollen zahlen, die ihre finanziell schlechter gestellten Mitbürgerinnen empört beschimpfen, weil auch die sich das Recht herausnehmen, gegen ein Flüchtlingsheim in ihrer Nachbarschaft zu protestieren, lauthals und mit Gewalt eben, weil am Ende des Monats kein Geld für Anwälte übrig ist.“

Henning nickt nachdenklich. Seine Vorgesetzte hat Recht. Er sieht das alles ganz genauso.

*

Tobias Schwarz packt seine Sachen. Wieder nach Asien zu gehen, war eine gute Entscheidung. Dorthin zurückkehren, wo man normale Leute wie ihn leben lässt und nicht meint, nur weil man selbst gestört ist, seien alle um einen herum ebenfalls gestört und bräuchten eine Therapie. Tja, was wären die Deutschen ohne ihre Therapien. Wahrscheinlich noch geistesgestörter, ohne es zu checken. Wie diese farblose Tante von der Polizei. Er dreistete sich allen Ernstes vorgestern, als sie schon wieder hier im Treppenhaus herumlungerte, zu fragen, wie es ihm gehe. Dabei blickte sie salbungsvoll. Wie soll es

136

ihm gehen? Der Fuß wird verheilen, der Tetanusschutz war noch wirksam. Wahrscheinlich habe die Frau auf etwas ganz anderes hinausgewollt, vermutet Tobias, fand dann, dass in ihrer Impertinenz etwas fast anrührendes lag. Etwas so anrührendes, dass Tobias einen kurzen Moment versucht war, sich zu bedanken.

Renate Schwarz steht im Zimmer ihres Sohnes, sieht ihm beim Packen zu und redet. Er hört nicht hin, leitet ihre Stimme, die zwischen Nervosität und Lethargie hin und her schwankt, um. Er hat vor vielen Jahren einen Korridor eingerichtet, durch den er die Worte passieren lässt, ganz geschickt vorbei an den Stellen, an denen sie Schaden anrichten könnten.

Renate heult jetzt ein bisschen, dann lacht sie wieder, denn Tobias ist ja ein großer Kerl, der nicht mehr bei seiner Mutter leben kann. Die Zeit mit ihm ist schön gewesen, aber jetzt ist es ebenso schön, auch wieder für sich zu sein. Ganz wie früher kommt ihr das vor, wie damals, als die beiden Jungen aus dem Haus gingen. Renate war betrübt und erleichtert zugleich gewesen. Betrübt, wie eine Mutter nun einmal ist, wenn die Kinder sie verlassen. So ging es ihr an dem Tag. Ganz bestimmt. Und auch diese winzig kleine, heimliche Freude, die jede Mutter befällt, wenn sie beschließt, sich ab sofort hauptsächlich um sich selbst zu kümmern, war da gewesen. Glaubte sie. Und mit Tobias würde sie ja in Kontakt bleiben. Das wusste sie. War immer ein lieber Junge gewesen, der Tobi. Während der Pubertät hatte er etwas über die Stränge geschlagen, gut, das ja, aber in seinem tiefsten Inneren war er ein lieber Junge. Hatte sich nie auf dem Schulhof mit anderen Jungen geschlagen, war nie laut gewesen. So einer ließ seine Mutter nicht im Stich.

Bei dem anderen Kind war Renate sich da nie so sicher gewesen. Und richtig, er meldete sich nicht mehr bei ihr. Brach jeden Kontakt ab. Im Internet hatte sie einmal hinter ihm her recherchiert, eines Nachmittags. Eigentlich wollte sie nicht mehr über dieses Kind nachdenken, aber an dem Nachmittag hatte es sie gepackt. Warum, wusste sie nicht. Plötzlich war so eine Stimmung über sie gekommen, ganz helles Licht war auf ihren Sekretär gefallen, so kam es ihr zumindest vor, sie fühlte sich plötzlich unwohl, wie aufgerissen. Die Farben und Formen um sie herum waren klar und scharf, so sehr, dass es ihr in den Augen wehtat.

Sie agierte fieberhaft, über eine Suchmaschine fand sie heraus, dass ihr zweiter Sohn Kinderarzt in Namibia war. Renate lächelte gerührt. Der Junge hatte ja immer so einen Hang gehabt, war ein Gutmensch, wie Tobias sagen würde, dem sie das erzählen musste. Was aber gar nicht passte, oder aber eben typisch für Gutmenschen war: Die eigene Familie interessierte sie nicht.

Doch halt! Manchmal, wenn Renate seither schlecht schlief, war sie am Morgen sicher, ihr Kinderarzt-Sohn hätte sie mitten in der Nacht angerufen, um sich nach ihrem Befinden zu erkundigen. Im Halbschlaf telefonierte sie mit ihm, kurz nur, ein wahnsinnig teures Auslandsgespräch war das ja, und der Junge verdiente doch nichts. Wenn sie sich recht erinnerte, war sie nach dem Telefonat ein wenig beunruhigt zurück ins Bett gekrochen, denn ein Sohn, der kein Geld verdient, ist eine ständige Quelle für Sorgen. Sie war dann wieder eingeschlafen.

*

Henning steht vor der seltsamen Tür auf dem Dachboden. Er hat nur unpassendes Werkzeug dabei, versucht dennoch mit einem breiten Schraubenzieher, den er immer wieder in den Spalt zwischen Dachschräge und Tür rammt, diese zu öffnen. Es will nicht gelingen. Henning ist bereits nass geschwitzt, Schweiß tropft auf sein schwarzes Seidenhemd und hinterlässt dort unschöne Spuren. Mist. Hinter ihm steht ein Polizist und lacht. Warum lacht der Kerl? Soll er es doch selbst versuchen!

„Was ist das für eine Tür?“, fährt Henning den Polizisten an, doch der antwortet nicht, lacht einfach weiter. Henning ist jetzt ärgerlich, mit Schwung schleudert er den Schraubenzieher gegen die Tür, und da öffnet sie sich. Ganz langsam und geräuschlos. Wie in Zeitlupe. Doch zum Vorschein kommen keine Dachziegel, kein Holz, kein Stein. Stattdessen blickt Henning in ein Meer von herrlich funkelnden Farben. Aber es gibt keinen Halt. Hinter ihm lacht dröhnend der Polizist. Henning fährt im Bett hoch.

*

Feldmann möchte das übernehmen.

„Von Frau zu Frau?“

„Nein, nicht unter diesem Motto. Hier ist wirklich Fingerspitzengefühl gefragt. Nicht, dass es Ihnen daran mangelt, Henning, aber...“

„Aber?“

Feldmann weiß jetzt nicht so recht, wie weiter, fände es nämlich unangebracht, Henning daran zu erinnern, dass sie den Job schon ein paar Jahre länger macht als er, wundert sich aber ein bisschen, dass er nicht von selbst darauf kommt. Vielleicht war die Angelegenheit mit dem übersehenen Zeitungsabo prägender für die zukünftige Zusammenarbeit als gedacht.

„Schon klar, Sie haben mehr Erfahrung, natürlich. Entschuldigen Sie", kommt es da. Na, bitte. Henning ist das eigentlich recht so. Der unheimliche Traum von heute Nacht verfolgt ihn noch immer, obwohl es bereits Nachmittag ist. Er wird sich für den Rest des Tages frei nehmen und im Netz recherchieren, was es mit Türen in den Dachschrägen alter Häuser auf sich hat.

So sitzt Feldmann eine Stunde später im Familienwohnzimmer Anne gegenüber, deren Mutter einverstanden ist, sich aus dem Gespräch herauszuhalten. Dennoch ist Anne nervös und verunsichert, schielt immer wieder Richtung Wohnzimmertür. Die ist geschlossen, aber falls Mutter Klein direkt dahinter steht, was Anne annimmt, kann sie das Gespräch mit anhören, und das ist Anne nicht recht.

„Vielleicht möchtest du zum Reden in ein Café gehen?", fragt Feldmann, die Annes Befürchtungen errät. Anne möchte eigentlich überhaupt nicht reden. Weder hier noch dort.

„Bringen wir es hinter uns", schlägt Feldmann vor. Und: „Wir kommen nicht drum herum." Und: „Dir wird nichts passieren, dem... Jungen wohl auch nicht."

„Was heißt: wohl auch nicht?"

„Asylverfahren sind nicht mein Bereich, aber er ist berechtigt, einen Antrag zu stellen, der dann nach bestem Wissen und Gewissen bearbeitet wird. Wenn er minderjährig ist, stehen die Chancen sehr gut."

„Kennt man..."

Feldmann antwortet darauf nicht, sondern wartet. Anne möchte in kein Café. Würde aber mit ins Präsidium kommen. Hofft, dass die Kommissarin nicht fragt, warum ausgerechnet dorthin. Was soll Anne dann antworten? Dass sie befürchte, im Café könne jemand aus der Gruppe oder schlimmstenfalls Hamed, die just in diesem Moment wieder auftaucht, sie zusammen mit der Kommissarin sehen?

Feldmann ist einverstanden, aufs Präsidium zu fahren. Es wird weitere Flüchtlingsunterstützerinnen geben. Anne will sicher vermeiden, von denen mit einer Frau gesehen zu werden, die zur Polizei gehören könnte.

„Wie wäre es, wenn wir uns in die Kantine setzen und eine Cola trinken", schlägt Feldmann vor, als sie im Präsidium angekommen sind. Anne willigt nach kurzem Überlegen ein. Wer von ihren Leuten sie in der Präsidiumskantine sieht, ist selbst da und muss sich die Frage gefallen lassen, warum.

Als Feldmann zwei Flaschen Cola aus einer alternativen Brauerei auf den Tisch stellt, scheint sich Annes Laune zu bessern.

„Aber nicht, dass Sie jetzt denken, mit so einer Selbstverständlichkeit könnten Sie mich zutiefst beeindrucken."

„Ach, was", entgegnet Feldmann, „natürlich denke ich das nicht. Ist doch selbstverständlich, darauf zu achten, bei wem man einkauft. Wie du schon sagtest." Sie reicht Anne einen der Strohhalme. Schweigen, beide trinken. Dann zieht Anne ihr Smartphone aus der Tasche. Sie kommt sowieso nicht drum herum, soviel ist ihr mittlerweile klar. Sie sucht die Mail von Hamed, reicht der Kommissarin das Handy.

„Hier, können Sie englisch? Ich habe auch eine Übersetzung."

„Ich ziehe das Original vor."

Feldmann liest. Dann: „Na, bitte, das ist doch was! Er hat miterlebt, wie Martin Butt gestürzt ist. Hamed ist also untergetaucht, weil Butt ihn gesehen hat. Hamed geht davon aus, dass Butt noch lebt. Jetzt befürchtet er, Butt würde Nachforschungen anstellen, wer der Zeitungsjunge war, der ihm nicht geholfen hat?"

„Nein, nicht ganz. Ich hatte geantwortet, dass Butt tot ist. Danach ist Hamed untergetaucht. Ich weiß aber tatsächlich nicht, wo."

Feldmann beschließt, die Geschlechtsbestimmung des Kindes erst mal hinten an zu stellen. Eins nach dem anderen, wo Anne gerade Vertrauen gefasst hat.

„Gut. Das glaube ich dir. Saublöde Sache. Aber erst mal geht es um Hameds Unschuld. Wir werden sofort nach ihm suchen. Die Mail entlastet ihn, aber dennoch müssen wir mit ihm sprechen, er ist unser einziger Zeuge. Wo habt ihr beiden euch denn kennengelernt?"

„Zeuge wofür? Dafür, dass der Butt besoffen die Treppe heruntergefallen ist?"

„Genau dafür. Sag mir doch bitte noch, wo ihr euch kennengelernt habt. Und ob es gemeinsame Freundinnen gibt."

„Nein", lügt Anne jetzt gekonnt, „Hamed kennt meine Freundinnen nicht."

Wenn sie die Charlottenburger Gruppe da mit reinzieht, ist sie draußen. Und kann auch gleich die Schule wechseln. Die Gruppenaktivitäten sind geheim, das ist oberstes Gebot. Wer auffliegt, hat sich als Einzeltäterin zu verkaufen. Um davon abzulenken, beschließt Anne jedoch, der Kommissarin zu verraten, dass Hamed ein Mädchen ist. Im Asylverfahren wird das sowieso sofort festgestellt.

„Aha?", mimt die Kommissarin Überraschung.

„Klingt seltsam, oder? Ja, Hamed ist tatsächlich in Wirklichkeit ein Mädchen. Aber als Junge aufgewachsen in Afghanistan. Wenn es in der Familie nur Töchter gibt, ist es nicht unüblich, dass eine davon zum Jungen gemacht wird, um die Ehre der Mutter zu retten. Und auch, damit der Vater jemanden hat, der ihm beim Arbeiten hilft. Und außerdem durfte Hamed auch zur Schule gehen. Das ist dort für Mädchen immer noch nicht einfach, trotz Besatzung."

Feldmann nickt. Sagt, ihr fiele gerade ein, dass sie darüber schon mal etwas gehört und auch nachgelesen habe. Bacha Posh hießen diese Mädchen, richtig?

„Ja, genau."

„Also gut, keine gemeinsamen Freundinnen. Engagierst du dich in einer der Organisationen, die Flüchtlinge unterstützen?"

Anne verneint auch das.

„Und wo habt ihr euch kennengelernt, Hamed und du?", versucht die Kommissarin es zum dritten Mal. Anne kommt zu dem Schluss, dass es ungefährlich ist, hier die Wahrheit zu sagen.

„Na, ja, ich habe eine etwas wildere Party gegeben, als meine Eltern vor zwei Jahren verreist waren. Gegen Mitternacht sind wir dann alle in den Weichselpark umgezogen, weil die Nachbarinnen sich beschwert haben. Als ich gegen vier heimkam, hat Hamed gerade die Tageszeitungen gebracht. Damals bekamen noch einige Leute im Haus eine. Zwischendurch mal belieferte Hamed andere Häuser, weil bei uns niemand mehr ein Abo hielt. Aber nicht nur bei uns. Allgemein kündigen immer mehr Leute ihre Abos und lesen die Zeitung im Netz. Die Flüchtlinge, die vom Zustellen leben, haben das Nachsehen. Ich konnte meine Eltern vor ein paar Wochen endlich wieder zu einem Abo überreden. Meine Mutter steht sowieso nicht auf das Internet und mein Vater muss schon den ganzen Tag auf der Arbeit vor einem Bildschirm sitzen. Also sind beide mit einer Zeitung gut bedient."

„Gut. Kommen wir noch mal zurück zu dem Morgen, als Hamed und du euch kennengelernt habt. Wie lief das ab, weißt du das noch?"

„Ja... ich war... ehrlich gesagt... ziemlich betrunken, hatte Kreislaufprobleme und deshalb Mühe, die Treppe hochzukommen, und er, wie ich im ersten Moment noch dachte, hat mir geholfen. Ich habe sie dann hereingebeten und wir sind ins Gespräch gekommen. Hamed hat ein bisschen erzählt, aber erst mal nichts davon, dass sie keinen Aufenthalt hat. Das kam erst später, als wir uns etwas besser kannten.

„Sie ist ohne Familie geflohen?"

„In einer Gruppe, und ja, ohne ihre Familie. Und eben als Junge. Als Mädchen wäre sie wahrscheinlich nicht weit gekommen. Ich habe es gleich an dem Morgen festgestellt, weil ich sie bei uns habe baden und essen lassen. Sie hatte sich eingeschlossen im Bad. Ich habe heimlich durch die Milchglasscheibe geschaut, weil ich so einen Verdacht hatte. Ich habe aber nichts gesagt, einfach immer weiter mitgespielt. "

„Wenn sie Asyl beantragt, ist es mit der Nummer allerdings vorbei. Gut, wahrscheinlich hat sie ja inzwischen mitbekommen, dass man in Deutschland auch als Frau etwas erreichen kann. Zumindest ein bisschen mehr als in Afghanistan. Aber noch mal zurück zu damals: Du hast sie dann bei euch auf dem Dachboden einquartiert?“

„Ja, als meine Eltern aus dem Urlaub zurückgekommen sind, habe ich ihr einen Schlüssel für den Dachboden machen lassen. Sollte sie etwa zurück auf die Straße?“

„Natürlich nicht. Aber sie hätte längst einen Asylantrag stellen können. Warum hat sie das nicht getan?“

„Aus Angst, zurückgeschickt zu werden, sagte sie immer. Aber ich denke, hauptsächlich wegen ihrer Identität.“

„Also gut, machen wir uns erst einmal auf die Suche nach deiner Freundin.“

„Und meine Eltern?“

„Warum sollen wir denen nicht die Wahrheit sagen? Du hast doch etwas sehr Lobenswertes getan: Du hast einem Mädchen geholfen, das es nicht so gut hatte wie du. Deine Eltern können stolz auf dich sein. Die Party und das Saufgelage im Park lassen wir weg. Ihr beide habt euch an einem Jugendtreffpunkt kennen gelernt, in Ordnung?“

Anne denkt nach. Richtig... lässt man die Party und vor allem die Gruppe weg, müsste das Ganze selbst in den Augen ihrer Eltern ganz passabel aussehen.

Und so kommt es auch: Mutter und Vater Klein werden betroffen sein, auch entsetzt, wie konnte es ihnen entgehen, dass ein Kind auf dem Dachboden schlafen musste? Aber die Tochter wird nicht bestraft. Sie hat in guter Absicht gehandelt. Obwohl sie die Eltern hätte einweihen müssen. In Zukunft wird man den Neuköllner

Freundinnenkreis des Kindes besser kontrollieren müssen. Gut, dass man sich damals für das Gymnasium in Charlottenburg entschieden hätte, so sei der Umgang der Tochter, zumindest was die Schule anginge, kontrollierbar.

Aber jetzt ginge es natürlich vorrangig darum, dieses arme arabische Mädchen zu finden und in die deutsche Gesellschaft zu integrieren. Vater Klein schlägt vor, sie bis zur Volljährigkeit in der Familie aufzunehmen. Mutter Klein und Anne sind ausnahmsweise mal einer Meinung, nämlich begeistert von der Großzügigkeit von Ehemann und Vater. Anne wird natürlich sehr gern ihr Zimmer mit Hamed teilen.

Am folgenden Morgen aber bekommen erst einmal alle Mieterinnen des Hauses Weichselstraße 10 einen Brief. Die Kündigungen sind zurückgenommen, die Mieterhöhungen auch. Monika schreibt, sie hoffe auf ein gutes Miteinander, denn zum übernächsten Ersten werde sie mit den Zwillingen die Wohnung ihres verstorbenen Vaters beziehen. Über diesen Schritt hatte Monika gründlich nachgedacht und war zu dem Schluss gekommen, dass es höchste Zeit wäre, einen frischen Wind durchs Haus wehen zu lassen.

*

Am späten Abend steigt Tobias ins Taxi. Sein Flug nach Asien geht um Mitternacht, Koffer und Taschen hat er schon gestern aufgegeben. Seine Mutter steht vor der Haustür, winkt und weint ein bisschen. Gerade hat sie Tobias umarmt, auf ihre hölzerne Art. Jetzt denkt sie, dass es doch auch ganz schön sei, wieder für sich zu sein. Eine Mutter hat auch noch ein eigenes Leben, so heißt es doch immer.

Als sie in der Küche am Tisch sitzt und eine Tasse Tee trinkt, fällt ihr plötzlich ein, dass sie hier jahrelang mit ihrer Familie saß, mit ihrem Mann und den beiden Söhnen. Zwei gesunde, aufgeweckte Söhne hat sie. Plötzlich ist sie verwirrt. Wie war das damals? Die Bilder verschwimmen. Sie sitzt am Tisch, ganz gerade, sonst gibt es sofort eine Ohrfeige von der Mutter. Dann wieder Renate mit zwei Söhnen, da hat man es nicht immer leicht, hört sie häufig. Ihre Mutter mit zwei Töchtern, die immer gerade sitzen mussten, hatte es auch nicht leicht. Besonders wenn die beiden Jungen in die Pubertät kommen. Vor Renates Augen verschwimmt alles. Sie sitzt eigentlich immer am Tisch, seit Jahren, wartet, dass es vorbeigeht, und tatsächlich vergehen auch die Jahre, nur sie bleibt sitzen. Der Tobias hat den Butt nicht umgebracht, das war ihr die ganze Zeit klar, denkt sie jetzt. Sie wusste, dass der Tobias niemanden umbringen würde, wo er sich doch noch nicht mal auf dem Schulhof geprügelt hatte. Renate trinkt ihren Tee. So, wie sie es jeden Abend tut. Währenddessen hat sich wieder ein dichter Schleier über alles gelegt.

Das Verfahren gegen Herrn Klein und Herrn Manns wird eingestellt. Die Beweislage ist zu dünn. Die Nachbarinnen sind befragt worden, ob ihnen am 9. Mai 2010 zwischen 18 und 19 Uhr etwas im Hausflur aufgefallen sei. Niemand hat diesen Tag als in irgendeiner Weise nennenswert in Erinnerung behalten. Niemand erfährt, was an diesem Tag auf dem Dachboden geschehen ist. Marie Butt kann nicht mehr aussagen. Sie hätte es womöglich sowieso nicht getan, hätte es nicht gekonnt. Klein und Manns zeigen auch der Ermittlerin gegenüber Reue, dass sie auf das Werben einer kranken Frau eingegangen sind.

Frau Manns hat ihrem Mann verziehen. Schreckliche Geschichte. Die Marie hatte sie ganz anders eingeschätzt, überaus zurückhaltend eben. Dass sie sich an die Nachbarn herangemacht hat, wäre Frau Manns nie in den Sinn gekommen. Aber gut, wie soll man auch eine psychisch kranke Frau durchschauen? Das können ja nicht einmal Ärzte, die jahrelang auf der Uni gewesen sind. Eine ganz tragische Sache ist das, die niemand im Haus erfahren darf, auch nicht Frau Klein. Die Nachbarinnen sollen Marie schließlich in guter Erinnerung behalten.

Abends sitzen Manns und Klein in Kleins Küche. Beide sind aufgebracht, müssen zur Beruhigung ein paar Bierchen trinken. Frau Klein ist nicht zuhause, spielt heute mit ihren Freundinnen Skat. Die Männer sollen ja nicht denken, Frauen könnten kein Skat. Aber zum Kartenspielen kommt man kaum, Frau Klein ist der Star des Abends, oder besser: Herr und Frau Klein, die dieses arme afghanische Mädchen bei sich aufnehmen werden.

Es ist gleich sieben, aus Annes Zimmer dröhnt Musik, was Herrn Klein ausnahmsweise mal recht ist, denn auf diese Weise kann er mit seinem Nachbarn reden, ohne befürchten zu müssen, dass seine Tochter ihre Ohren mal wieder überall hat. Was er nicht weiß, ist, dass Anne hinter der Tür steht und sehr wohl versucht, zuzuhören. Damit kein Verdacht entsteht, hat sie den CD-Player in ihrem Zimmer angelassen.

Soeben wütet der Manns, dass er blöd gewesen wäre. In dem Moment hört Anne, wie in ihrem Zimmer das Handy klingelt. Den Bruchteil einer Sekunde ist sie unentschlossen, sie hat die Mailbox eingeschaltet, aber nein... wenn es Hamed ist, die bestimmt nicht auf den Anrufbeantworter sprechen wird? Anne eilt zum Telefon.

Man hätte überhaupt nichts zugeben sollen, heißt es währenddessen in der Küche, schon wären die Zeichnungen einer Geisteskranken lediglich Beweis für ihre Unzurechnungsfähigkeit gewesen. „Dieser Pick war doch offenbar Butts Meinung. In allen Punkten.“

„Über genau den Punkt komme ich nicht hinweg. Dass dieser Scheißkerl sich schmieren lässt!“, empört sich Manns zum wiederholten Mal. Er macht sich noch ein Bierchen auf.

Am Telefon ist nicht Hamed, sondern eine Schulfreundin von Anne, die den aktuellen Stoff in Physik nicht versteht, seit Stunden darüber brütet, und morgen wird die Klassenarbeit geschrieben. Anne lässt wohl oder übel Vater und Nachbar sein, holt ihr Physikbuch aus der Schultasche und beginnt, der Freundin die unvermeidbare Beeinflussung durch Beobachtung1 in der Quantenphysik zu erklären.

In der Küche geht währenddessen die Unterhaltung zwischen Klein und Manns weiter. Ohne Zuhörerin.

„Kann man sich überhaupt noch ins Krankenhaus legen als Normalverdiener?"

Nicht mit gutem Gefühl, finden die Herren. Aber Manns steht der Sinn heute nicht nach Humor, nicht mal nach Galgenhumor. Er poltert zum wiederholten Mal los:

„Und ich sage es nochmal, auch wenn du es nicht wahrhaben willst: Butt hat uns benutzt und betrogen.

1 Im Doppelspaltexperiment wird ein Quantenteilchen – etwa ein Lichtteilchen, ein Elektron oder ein Atom – auf eine Platte mit zwei Schlitzen geschossen. Erstaunlicherweise zeigt sich, dass das Teilchen durch beide Schlitze gleichzeitig dringt und sich dahinter wellenartig mit sich selbst überlagert. Dadurch entsteht hinter den Schlitzen ein Wellenmuster, das sich nur durch die Annahme erklären lässt, dass das Teilchen zwei verschiedene Wege gleichzeitig zurückgelegt hat. Es liegt in einer Überlagerung des Zustandes „rechts" und des Zustandes „links" vor. Was ist, wenn wir das Teilchen mit großem Aufwand ganz genau beobachten – was tut es dann? Es gibt viele Möglichkeiten, genau zu vermessen, durch welche Öffnung ein Teilchen gegangen ist. Man kann beispielsweise hinter einem der Schlitze einen starken Laserstrahl positionieren, der den Zustand des Teilchens verändert, wenn es durch diesen Schlitz kommt. Erstaunlicherweise läuft nun das Experiment aber völlig anders ab: Sobald man den Weg des Teilchens genau verfolgt, legt das Teilchen nicht mehr beide Wege gleichzeitig zurück, sondern jedes Mal nur noch einen – das Wellenmuster, das durch Überlagerung von zwei möglichen Wegen entstanden ist, verschwindet. Durch die Entscheidung des Experimentators, den Weg des Teilchens zu beobachten, wird das Experiment also verändert. Die Beobachtung zwingt das Teilchen dazu, sich für eine der Möglichkeiten zu entscheiden. Quelle: naklar.at

Alle im Haus hat er betrogen, und uns beide am meisten. Von wegen: Ich muss die Marie weggeben, weil ihr nicht mehr zuzumuten ist, euch zwei im Treppenhaus zu sehen. Ha! Er betrog die Nachbarinnen, indem er sie hat glauben lassen, er würde die Marie weggeben, damit er nach dem Tod ihres Vaters die Erbschaft alleine durchbringen könne, und uns betrog und belog er, indem er uns weiß machen wollte, er habe sie weggeben müssen, damit sie uns nicht mehr zu sehen bräuchte. Im Spionagebetrieb nennt man so jemanden Doppelagent, in der Weichselstraße 10 nennt man so jemanden Doppelarschloch."

Klein blickt seinen Nachbarn irritiert an.

„Du hast es immer noch nicht kapiert, oder?", fragt Manns. Klein schüttelt vorsichtig den Kopf.

„Ich erkläre es zum letzten Mal: Butt hat seine Frau weggegeben, weil er Schiss hatte, dass sie im Haus rumposaunt, wir beide wären auf die Annäherungsversuche einer kranken Frau eingegangen, und ich daraufhin im Haus rumposaunt hätte, dass der Butt sich ein paar Monate zuvor einen richtig saftigen Steuerbetrug geleistet hat."

Klein steigt noch immer nicht durch, spürt wieder den Impuls, nachzuhaken, ob Manns den Steuerbetrug des Butts daraufhin denn tatsächlich zur Anzeige gebracht hätte, wo er ihn doch zuvor selbst durchgewinkt hatte, bremst sich aber auch dieses Mal. Stattdessen steht er auf und holt eine Flasche Klaren aus dem Kühlschrank.

„Hier, trink. Das beruhigt."

Manns gehorcht. Kippt einen Schnaps runter, schimpft noch einmal los: „Dem Arschloch ging es um seine Kohle! Dass der Steuerbetrug nicht ans Licht kommt, war dem wichtiger als seine Frau. Und uns hat er für dieses Spiel benutzt. Erst hat die Marie uns für ihren Sex-Irrsinn benutzt, dann hat der Butt uns für seine Geldgier benutzt. Verstehst du das jetzt endlich?"

„Dieses Kind, das auf dem Dachboden geschlafen hat...", wechselt Klein das Thema, „... nicht schön, die Geschichte." Er fände es natürlich gut, dass seine Tochter einem heimatlosen Mädchen geholfen habe, das ja, aber Anne hätte die Eltern einweihen müssen.

„Und es bleibt die Frage offen: Was, wenn dieses arabische Mädchen an eben jenem Tag bereits da gewesen wäre und gesehen hätte, was nicht für die Augen eines Kindes bestimmt war? Erst recht nicht für die Augen eines Kindes aus so einer Kultur. Großen Schaden hätte das anrichten können", regt sich Manns gleich wieder auf. Er würde es zutiefst bedauern, ja, würde es sich für den Rest seines Lebens vorwerfen, wenn ein Kind in dem Alter Zeugin der unkontrollierten Sexualität einer kranken Frau geworden wäre.

Klein stutzt, dann versichert er, dass das arabische Mädchen damals noch nicht dagewesen sei. Er glaube seiner Anne, wenn sie sage, seit zwei Jahren erst. Drei Jahre lägen dazwischen.

Manns trinkt noch einen Schnaps, scheint sich langsam zu beruhigen, erklärt: „Und selbst wenn das Mädchen damals schon da gewesen wäre, wüsste es, dass es zu schweigen hat."

Kinder, die es schafften, aus einem Krisengebiet am anderen Ende der Welt zu fliehen, hätten damit für immer das absolute Gespür für heikle Situationen.

Darauf ein letztes Bierchen.

Das Mädchen Hamed wird man nicht mehr finden. Es ist untergetaucht zwischen den Straßenkindern der Großstadt.

Die Akte Butt wird geschlossen. Ein Unfall. Tödlicher Sturz im Treppenhaus. Das Opfer war alkoholisiert.

Henning beschließt, sich beruflich noch einmal umzuorientieren. Zwar hat er im Netz nichts zu Türen in den Dachschrägen alter Häuser gefunden, aber den Bereich Architektur findet er plötzlich so faszinierend, dass er sich um einen Studienplatz kümmern will.

*

Es verberge sich ein Geist in der Weichselstraße 10, wurde vor einiger Zeit befürchtet. Ihr Geist. Oben, auf dem Dachboden. Nachts wäre sie ruhelos durchs Haus geschlichen. Nachdem geklärt worden war, wie Martin Butt zu Tode kam hieß es: „Ein Geist? So einen Unsinn hat niemand je wirklich geglaubt!"

Gestern sind der Manns und der Klein tot aufgefunden worden. Mit verdrehten Armen und Beinen lagen sie morgens im Hausflur vor dem Treppenaufgang. Ihre Augen standen offen, aus ihren Mündern lief jeweils ein dünnes Rinnsal Blut.

ENDE

Alle Romane von Juliane Beer:

- Frau Doktor E. liebt die Abendsonne (2015)

- Kreuzkölln Superprovisorium (2013)

- Arbeit kann zu einem langsamen und schmerzhaften Tod führen (2010)

- Eines Nachts habe ich einen Ausflug gemacht (2007)

- Über den Fortgang der Dinge (2004)

Sach- und Fachbücher
- Gesellschaftskritik
- Frauen-/ Männer-/ Geschlechterforschung
- Holocaust/ Nationalsozialismus/ Emigration
- (Sub)Kulturen, Kunst & Fashion, Art Brut
- Gewalt und Traumatisierungsfolgen
- psychische Erkrankungen

sowie
… junge urbane Gegenwartsliteratur,
Krimis / Thriller, Biografien

… Art Brut und Graphic Novels

www.marta-press.de